※中二病とは
ちゅうにーびょう【中二病】㊔
自分が特別な存在と思い込み、他者との差別化を図るための不自然に大人びた言動や奇異な言動のこと。「邪眼」や「封印された腕」「秘めた暗黒の力」などを好み、自分を「闇の住人」と自称する者もいる。

「私は嬉しいのだ。
私と同じ、陽の当たる事のない、
漆黒に覆われた世界の
住人に逢えた事に……」
+竜姫紅音+
中二病の少女。世界の寵愛を受ける
超越者・レッドドラゴンを自称する。
中二病の皮をかぶって強がってはいる
が、実際は気弱で恥ずかしがり屋。

✝黒木猫丸✝
世界で活躍する殺し屋・コードネーム黒猫。正体不明の最強の殺し屋・紅竜を調査・暗殺するため彩鳳高校に潜入することに。
（まさか……いや、
間違いない——
俺と同じ世界の人間だ!!）

+咬狛九十九+

紅音の親友にして、中二語の理解者。空回る紅音をサポートし、さりげなくサポートしてくれる。

「紅音は体育の時にも、必ずその包帯を巻いていますよね？　それ、外したらどうなんです？」

「何を馬鹿なことを!?」

「特に怪我をしてる訳でもないですし、どう考えたって不必要ですよ？」

「不必要などではないぞ！
この腕にはな！
私の中に眠る、強大な能力が
封印されているのだ!!」
（何……だと……）

ゴブラックキャット……！ア～ン……！！
（笑顔だ……えがお。
笑顔笑顔笑顔
笑顔おお……！）

（さては、最初から
俺が睡眠薬を盛ったことに
気付いて……！）
いよいよ膠着状態に陥り、
時は止まってしまう。
傍から見ればそれは
初々しくも熱いカップルのようだが、
両者を取り巻く空気は
マグマをも凌駕する程に激熱であり、
その様子は正に極限と言えよう。

もくじ【目次】

プロローグ ▲ 〇〇三
第一章 ✣ その時、猫は竜に**勘違い**した 〇〇五
幕間 ✣ 竜の**想い** 〇八〇
第二章 ✣ その時、猫は竜の**首を狙**った 〇八四
幕間 ✣ 竜の**恥じらい** 一〇六
第三章 ✣ その時、猫は竜を**調査**した 一一一
第四章 ✣ その時、猫は竜と**手を結**んだ 一五五
幕間 ✣ 竜の**願い** 二一一
第五章 ✣ その時、猫は竜に**敗北**した 二一六
幕間 ✣ 竜の**念**(おも)い 二七六
エピローグ ▲ 二七九

隣の席の中二病が、俺のことを『闇を生きる者よ』と呼んでくる

海山蒼介

角川スニーカー文庫

23442

＋プロローグ＋

——勘違い。

それは、個人のそれぞれが抱く『何か』を、間違った状態で思い込んでしまうという過ちであり、我々は生きている中で必ずその状態に陥ってしまう事がある。

この勘違いというものは非常に厄介なもので、合うべきでなかった辻褄が偶然にも一致する事により、その個人は対象をより深く思い違いしてしまうのだ。

（間違いない……この女——！）

（間違いない……この男——！）


（（——俺（私）と同じ世界の人間だ!!!!））


そして今、また新たに一つ勘違いが生まれてしまった。

「お前……一体何者だ!?」

一方は『裏の世』に身を置きながら、自分と同じ『現実』の闇の中を彷徨っているのだと勘違いし。

「待っていたぞ！　私と同じ、闇を生きる者よ！」

一方は『表の世』に身を置きながら、自分と同じ『空想』の闇の中を彷徨っているのだと勘違いする。

加速していく過ちの渦。出口の見えない間違いのトンネル。

彼らはその中でどう迷い、限られた時の中でどう抜け道を見付け出すのか。

これは、互いが互いを誤解し合い、己で創り出してしまった勘違いに振り回されていく……。

空想を知らない少年と、空想に溺れた少女の話である——。

第一章　その時、猫は竜に勘違いした

——五月中旬、深夜。

イギリス・ロンドンシティにある、とある邸内。

「撃て！　撃て撃てェ!!」

高価な装飾品で彩られたその場所で、鳴り止まぬ銃声と共に、数十人の男達の間で殺気の籠もった叫びが飛び交った。

「誰だ!?　アイツをこの屋敷に入れたのは？」

「知るかよ！　気付いたらいつの間にか侵入られてたんだ！」

「外で見張ってた奴らはどうした！　一体何やってんだアイツら！」

「もうとっくに死んでやがんよ！　チクショウ……。よりによって、何でアイツがウチに……」

悲鳴に近い会話を繰り広げながら、男達は邸内を走り続けるその少年に向けて、発砲を繰り返す。

が、放たれた弾は一発も肌を掠(かす)る事なく、周囲の窓ガラスや棚、手摺(てす)り、ツボなどの装飾品を破壊していくだけだった。

「クソッ、当たんねェ……——ガッ⁉」

「おっ、おいっ⁉　どうし……——ダッ⁉」

突如、拳銃を構えた二人の男が、言葉を途切れさすと共に床に倒れる。

近くの者達が、横になった仲間の姿を一瞥(いちべつ)すると、赤黒い風穴の開けられたこめかみ部分からゆっくりと赤い水が顔を覗(のぞ)かせ、床に拡(ひろ)がっていくのが目に入った。

（23、24……）

「おいっ！　ロケランでも何でもいい！　何かアイツに対抗出来るモン持ってこい！」

「ハ……、ハイッ！」

荒れ狂う銃声の中で、短機関銃を持ったリーダーらしき一人の男が指示を出した。

それに従い、三人の男達が逃げる様にその場を離れ、言われたとおり武器を調達しようと動き出した……。その時、

「…………」

「なっ⁉　テメェ……、いつの間に……！」

戦場と化したロビーを出ようとした男達の前に、音も無く一人の少年が立ちはだかった。

シワの無い真っ黒なスーツに包まれたその姿は、夜空をそのまま投影した様な暗い影に

覆われている事もあり、近くで目にするまで捉える事が出来ない。

しかし、窓から漏れる月光に当てられ、両手から鈍く光る銀色の刃が、これから一体何が行われるのかを詳らかにした。

「やっ……、殺っちまえ!!」

首筋を伝う冷や汗が服に染み込み、固唾を呑み込むや否や、男達は目の前に立つ少年に向けて拳銃を構える。

ほぼ同時に発砲音が響くと、放たれた三発の銃弾は瞬時に壁にめり込んだ。

「やっ、殺ったか……?」

真ん中に立つ一人の男が、額にダラダラと汗を掻きながら、両隣の仲間に震え声で尋ねる。

暗くて姿がよく見えない……。さっきまで目に映っていた銀色の光は、一体どこに行ってしまったのか。

と、そんな疑問を抱いた、次の瞬間。

バタッと、男の両隣から何かが地面に倒れたかの様な音がした。

鼻腔を貫く血臭。靴越しに伝わる、足元に拡がっていく生暖かな液体の感触。そして……、

「う、うあ……、うああ……」

焼ける様に熱い首。

まるで超高温のバーナーで、そこだけを炙られているみたいだった。

呼吸が苦しくて堪らない。

今すぐ酸素を取り入れたいところだが、喉奥から溢れ出る熱水が邪魔をしてくるせいで、上手く出来ない。

気が動転し、男の口はガクガクと震えてしまう。

(38、39……。そして——)

その後ろで、血の滴るナイフを握りながら、黒尽くめの少年は一歩ずつ前へと進んでいく。

いつの間に背後へ移動したのだろう。どうやって銃弾を躱したのだろう。目の前に並ぶ他の男達が、そういった疑念を抱いたまま銃を構える中。

吐血し、首筋から噴水の如く血飛沫を上げながら、背中の男はゆっくりと地面に体を預けた。

(——これで、40か)

刃に付着した血を払い、目の前に並ぶ残った標的達を見て、少年は静かにため息を吐く。

「野郎……、よくも！」

仲間を殺られる一部始終を見て、戦慄の走る男達。

次々と恐怖に駆られていき、絶えない発砲が繰り出される。

しかし、それでも無数の銃弾は、少年の体を穿つ事が出来なかった。

何故なら、既に少年は、そこに居なかったのだから。


銃というものは、動く標的に当てるのが途轍もなく難しい。

扱いも知らぬ素人ならば、止まっているものですら当てるのは至難の業。

そもそもな話、壁などで跳ね返ってくる弾を除いて、銃口の先に居なければ、当たる事などまずないのだ。

なので、とりあえず動き回ってさえいれば、そう簡単に当たりはしない。

それも、相手の発砲が遅れるくらい速く、速く動いてしまえば……、

「チクショウ、当たんねぇ……！」

銃など、音が煩いだけのガラクタだ。

「クソッ！　ちょこまかと逃げ回りやがって！」

少年を目で追う事が出来ない事実に、リーダーらしき男が怒号した。

一方、敵の銃弾を常に足で躱し続けていた少年は、途轍もないスピードで、尚も邸内のロビー全てを走り回る。

比喩などではない。その全ての意味するところは地面だけに留まらず、テーブルや棚といった家財道具、銃弾のめり込んだボロボロになった壁。更には……、

「──なっ、嘘……だろ……？」

「一体、どうやってあそこに立ってるんだ……？」

空中さえも足場とし、飛んできた銃弾を次々と回避していった。

そのあまりに不可思議な光景に、男達は仰天し、目を見開かせる。

輝かしい満月を背景に、空中で静止する黒スーツの少年。

見てみると、その少年の足元には、何やら細い線の様なものが、天井部分を覆い尽くさんばかりに張り巡らされていた。

（ありゃあ、ワイヤーか……？）

天井を見上げ、リーダーらしき男は更に疑念を抱いてしまう。

一体どこからあんなものを？　一体いつからあんなものを？

次々と浮かび上がっていく疑念、疑問。

その答え、いや、答えと呼べるものかは定かでないが、男の脳に一つの結論の様なものが新たに浮かび上がった。

銃弾をも躱す敏捷性。

悉くを足場とし、獲物を攪乱させる狡猾性。

そして、獲物が油断を見せたその一瞬、確実に命を狩り取る残虐性。

満月を背にし、血の被ったナイフを両手に、漆黒の闇に染まった瞳で静かに獲物を見据えるその黒い姿――

「――あれが、黒猫(ブラックキャット)……」

「1、2、3、4……――」

部屋の明かりと、背に控える月の輝きを利用し、少年は残りの数を目測で捉える。

「――7、8、9……か」

数え終わったその瞬間、下で憤慨する男達を見下ろしながら、少年は呆(あき)れる様にため息を吐いた。

「依頼の内容では、四十人で構成された一味と聞いていたが……。まだこれだけ残っていたとはな……」

また不備か……。再び少年の口から漏れたため息は、一度目よりも更に深く、長いものだった。

仕事を依頼するのなら、最低限正確な情報を寄越(よこ)してほしい。

特に、『殺し』という危険を伴う仕事を要請するのなら……。

「降りてこいオラァ!!」

「高(たけ)え所から見下してんじゃねぇぞゴラァ!!」

「煩いな……」

下の方から、チューチューチューチューと喧(やかま)しい喚き声(わめきごえ)が聞こえてくる。

もうとっとと終わらせてしまおう。

この後、依頼達成の報告に加え、今回は不備に関する事後処理が待っているのだし。

ゆっくりしている暇は無い。

そう思い至るなり、殺し屋『黒猫(ブラックキャット)』——黒木猫丸(くろきねこまる)は、再度両手のナイフを強く握ると。

身を屈(かが)め、猫の如く、下の獲物に今にも飛び掛かりそうな体勢になりながら、

「鼠(ねずみ)共が……、一匹残らず喰(く)い尽くしてやろう」

力いっぱい、束になったワイヤーを蹴り出した——

◇

——舞台は大きく移動し、北海道・札幌市(さっぽろし)。

朝日が空を照らすと同時に多くの者が起床し、登校や出勤へと動く中。

「お帰りなさいませ、猫丸様」

「ああ……」

（眠い……。時差惚けでもしたか？）

この男だけが、家路に向かっていた。


血の付いていないスーツに身を包み、大きめのスーツケースを隣に置きながら、猫丸は走る車の中でうたた寝をしていた。

「往くぞコマコマ！　私に付いてこい！」

「ま、待ってくださいよ紅音！」

窓の向こうで、次々と擦れ違っていく人物は、大人から子供に至るまで、全員が自分と違う世界に生きる人間だ。

自分が関わる事など万に一つもあり得ないし、猫丸自身も、彼らと同じ世界に生きようとは思っていなかった。

今日もいつもの様に、通行人AからZの人達が、自分と逆方向に進んでいく。

それが彼にとっての当たり前の日常。

平常で、何の異常もありはしない、通常の朝。

「到着いたしました、猫丸様」

「――……ん？　ああ、済まない。寝てしまっていたようだ」

目が覚めると、車は既に停車しており、視線の先には見慣れた屋敷が立っていた。

外観だけなら、どこかの富豪の所有物としか思われない様な建物だが、中にはその想像を遥(はる)かに超えたものが待ち構えている。

しかし、それも猫丸にとっては、ただの平常運転に過ぎない。

何故なら、これこそが彼の家であり、帰る場所なのだから……。

「「「お帰りなさいませ、猫丸様!!!!」」」

ドアが開かれたその瞬間、道を開ける様に並ぶ執事服姿の男達が、揃(そろ)えられた声と共に出迎えてきた。

それに対し猫丸は、「ああ」とただ一言応えると、

「ケースに入っている服の洗濯を頼む。汚れの落ちそうにないヤツは、そっちで勝手に棄(す)てといてくれ」

「承知しました」

「空いてる者は武器の回収に向かってくれ。場所は通信係から聞くように」

「承知しました」

いつもの如く、家の執事達にテキパキと指示を送っていった。

それを受け取ると、ある者は車からスーツケースを取り出すなり、中に入っている赤黒く染色されたカピカピのスーツを抱えながら走り去り。

またある者は数人のグループを瞬時に結成し、揃ってその場を後にした。

「豹真(ひょうま)は居るか？」

「ハッ、ここに」

廊下を歩く猫丸の後ろで、他の男達と同じ様に執事服を身に纏(まと)い、サングラスを掛けた寡黙そうな男が、まるで最初からそこに居たかの様に応える。

猫丸自身も、それが当たり前かのように対応して、

「親父(おやじ)は何処(どこ)に？」

「自室の方で、猫丸様の帰りをお待ちになられております」

「そうか」と、一言で返すや否(いな)や、豹真という名の男と共に、長い廊下を迷う事なく歩き続けた。

しばらくすると、目の前に一つの扉が現れる。

「私はここで。何かあれば、すぐにお呼びください」

そう言って、豹真は扉の側に移動し、一本の柱の様に立ち尽くす。

その言葉に応答するや否や、猫丸はノックをすると、その向こうから一人の男の声が聞こえてきた。

「ネコか？」

「ああ、今帰った」

「うっし。んじゃ、とっとと入れ」

声の主から入室の許可をもらうなり、猫丸は静かにその扉を押していくと。広々とした一室でただ一人。顔面に無数の傷が刻まれた中年期を丁度超えたぐらいの男性が、座布団の上で退屈そうに胡座をかいていた。

「いやー悪かったな、ネコ。急に帰ってくるよう呼び出しちまって」

「全くだ。おかげで向こうで洗濯する暇がなかったぞ。もし、血を落とし切れなかった場合は、また新しいものを買ってもらうからな」

「ハイハイ分かった分かった、そうしとくよ」

目の前に用意されていた座布団に腰を下ろすなり、猫丸は男の真似をする様に胡座をかく。

その一方で、ため息混じりに告げてくる息子の言葉に、猫丸の養父、黒木寅彦は笑いながら返した。

十一年前に猫丸を拾い、以来義理の父としてだけでなく、一人の殺しの師として様々なスキルを彼の体と頭に教え込んできたこの男。

引退の身である現在は後進育成や斡旋業に勤しんでいるものの、現役時代は近接において右に出る者は居ないと評される程、業界でも指折りの実力者である。

「まあ、今では髪と一緒にすっかり牙も抜け落ちてんだけど……」

「なんか言ったか？　ネコ」

「いいや何も。それで？　重要な話ってのは一体何なんだ？」

「ああ、それなんだが――」

誤魔化すように猫丸が尋ねると、寅彦は一度ゴホンと咳払いを挟んだ。

やけに神妙な面持ちだ。いつになく真剣である事が伝わってくる。

わざわざ後に控えてる仕事を家の者に任せてまで帰ってきたのだ。相当な仕事に違いない。

（要人暗殺か？　それともどっかの組織の壊滅か？）

誰であろうと何処であろうと、寅彦直々の仕事であれば喜んで引き受けよう。

そんな心構えの息子に、寅彦はその内容を伝える。

「遂にあの――『紅竜』の所在が判明した」

「!!!!」

驚愕する猫丸。その衝撃的なニュースに目を見張り、体を前のめりにして食い付きを顕にする。

「紅竜の……!?　それは本当か、親父！」

「ああ、お前も彼奴の噂くらいは知ってるな？」

「勿論……」

静かに頷くと、予想以上の獲物が飛び込んできた事実を受け入れるように口に溜まった唾を呑んだ。

(紅竜……。最強と謳われる殺し屋の居場所が、遂に……!)

その存在は、世界中のどの殺し屋よりも広く知られ、そして恐れられていた。

性別、年齢、得物、殺した人数。何もかもが一切不明で、未知を形に表した様な殺し屋。

分かっているのは、その存在を目の当たりにした者は、敵味方関係なく、悉く消されてきたということ。

そんな中。偶然その仕事振りを目撃し、何とか逃げてきたという者達が現れた。

いずれも瀕死の重傷を負いながら、彼らは口を揃えて語る。

——アレは、文字通り次元の違う存在だ。

その一言を最期に、目撃者達は何者かに背後から撃たれ、例外なく事切れた。

この遺言から、裏社会に生きる多くの者達が推察に動いた。

その殺し屋は、この世のモノとは思えない程の強さを持っているのではないか。そうではなく、例外的な頭脳を所有しているのではないか。本当にそんな奴が居るのか。他にも証言をする者は居ないのか。

止まることなく、膨れ上がり続ける伝説。それに伴い、未だ高騰を続ける莫大な懸賞金。

その存在の不透明さ。そして、言葉では言い表す事の出来ない強さから付いた異名。そ

れこそが……――、

――『紅竜(レッドドラゴン)』

「しかし、今まで碌(ろく)な手掛かりも無かった者の所在を、一体どうやって……」

「フフン、長い事この業界に居るとな、まあ色々と耳に入ってくんのよ」

腕を組むなり鼻に掛けて語り出す寅彦と、偉大な養父(ちち)を前にしキラキラとした尊敬の眼差(まなざ)しを向ける猫丸(むすこ)。

「だが分かっているのは場所だけ。顔とかそういった詳しい事までは、まだこちらも摑(つか)めちゃいない」

「成程……。して、その場所とは？」

猫丸が問い掛けると、寅彦は懐から一枚のパンフレットを取り出す。

そして、それが答えだと言わんばかりに手渡して。

「彩鳳(さいこう)高校。俺のダチ……つっても、とっくに足を洗ってるが。そいつが校長をやっている学校だ。お前にはそこに生徒として潜入してもらい、調査――果ては暗殺まで行なってもらいたい」

「学校……」

手元にあるパンフレットの表紙に印刷された白い建物を見た後、猫丸はそのページを一枚一枚捲(めく)っていく。

　記載された写真や紹介文に目を通していく毎(ごと)に、本当にこんな所にあの伝説の殺し屋が居るのだろうかという疑問と、それとは別にある一つの想(おも)いが胸を衝(つ)いた。

　一生関わる事は無いだろうと思っていた表社会——それも学校という極めて特殊かつ決して自分とは相容(あいい)れない環境に、まさか自分が足を踏み入れる時が来ようとは。

　動揺しつつも、冷静さを取り戻すように猫丸はそのパンフレットを一度閉じて。

「了解した。すぐに豹真達を呼んで、準備に取り掛かるとしよう」

「待てネコ！」

　寅彦が突然、立ち上がろうとする猫丸を呼び止めた。

「その必要は無(ね)ェ。既に転入の手続き、制服や教材等の用意といった諸々(もろもろ)の準備は済ませてある」

「そうだったのか？　用意がいいな、なら……」

「そしてもう一つ！　重要な事だ」

　すぐさま行動に移ろうとする猫丸を再び呼び止めると、寅彦は一度「こっちにこい」と手招きして。

「実はこの話、まだお前以外には伝えちゃいねェ。というか、伝える予定も無ェ」

「……？　何故(なぜ)だ？」

「こいつは極秘任務(ミッション)だ。相手は伝説にして最強の殺し屋。ウチのモン総出で現場に駆り出せば、甚大な被害が出るのは必至。それに情報をくれたダチからも、『隠密(おんみつ)で』と頼まれている」

「隠密……か」

「潜入先は学校。つまり表側の領域だ。一般人である生徒や教員共に悟られる訳にゃあいかねェ。それにイレギュラーを防ぐ意味でも、豹真達や他の殺し屋共に情報は流せねェ」

「豹真達にも、か。成程……、理解した」

「いい子だ」

仲間に対して非情とも取れるが、外部への情報の漏洩(ろうえい)を危惧した上での判断だ。

幼少期から長年共に過ごしてきた豹真達の事を想うと心苦しいが、それはきっと寅彦(おやじ)も同じだろう。

ならば何も言わず、その意に従うのが自分の役目である。

「執行は明日。さっきも言ったが、必要なモンは全て揃えてある。豹真達には俺からうま～く言っといてやるから、お前はもう休め」

「ああ、そうさせてもらう」

父から最後の指示を受け取ると、猫丸は潜入先のパンフレットを懐に仕舞(しま)い、そのまま部屋を後にする。

再び自室で一人だけになる寅彦。扉の向こうに消え、静かに歩き去っていく息子を見送るその父親の顔は、何故か不敵な笑みを浮かべていた。

——淡く、鴇色に染められた桜の花びらが、一枚一枚、ゆらりと風に運ばれる。

五月になって、桜が本領を発揮するのは、北海道ではよくある事例だ。

長過ぎる冬が春の一部を飲み込んだせいで、限られた時間でしか咲く事を許されない。

そんな、満開にもなれない花木達に今、猫丸は囲まれていた。

「ここか……」

目の前に白い、大きな建物が聳え立っている。

窓ガラスが五つ縦に並んでいる事から察するに、ここは五階建てなのだろう。

塀を超え、周囲に並ぶマンションと比べると高さはそれ程でもない。だがこの建築物は面白い事に、その高いとも低いとも言えない高さを補う為か、途轍もなく長い棒が十字型に交差している様に造られている。

上空から見ると、その巨大な姿はまるで大空を羽ばたく白い鳳。

ここが学校。ここが父、寅彦が通えと言っていた、彩鳳高校。

なるほど、これなら大人数で居たとしても、中に収容出来そうだ。

（本当に……ここにあの紅竜が？）

翌朝を迎え、執事達に登校を見送られ、標的が潜んでいると言われる現場を眼前にしつつも、未だ半信半疑でいる猫丸。

しかし、いつものスーツ姿とは違う、制服と呼ばれるその装束がほんの僅かだけ迷いを払拭させる。

ワイシャツの上から紺を基調としたブレザーが羽織られ、ベルトで締め付けられたスラックスが、猫丸の腰から下を隙間なく、完璧に包み隠している。

最後に首元から赤い単色のネクタイが垂れ下げられれば、その姿格好は、正しく歳相応の学生そのものだ。

が、それはあくまで見掛けだけ。その裏地にはナイフをはじめとするいくつもの凶器が隠されており、両手にはワイヤーを使用する際に掌を切らぬよう指抜きのグローブが嵌められ、静かに獲物を狩る準備が施されていた。

（――――！　人が増えてきたな……）

静止したまま、無言でその建物を眺めている猫丸の横を、次々と同じ制服を身に纏った者達が通り過ぎていく。

中にはスラックスではなく太腿に掛かる程度の短いスカートを着用し、ネクタイの代わりに、同じ色をしたリボンを首から下げている者も居たが、彼らにはある一つの共通点が存在していた。

全員、目の前を行く少年少女全てが、猫丸と同年代の人間だったのである。

「百、二百……。いや、もっとか」

学校は疎か、幼稚園や保育園にも通った事のない猫丸にとって、これ程の人数の、自分と同じ歳の位の人達が一堂に会するというのは、とても想像の出来ないものだった。

一人も寄り道する事なく、同じ入り口へと足を運んでいく。

どうやら、あそこが玄関らしい。

猫丸は彼らの真似をする様に足を進めると、目の前で何度も開閉されていたガラスドアに手を掛け、それをゆっくりと押していった。

——履き慣れない上靴に足を入れ、カバンの持ち手を右手に握りながら、猫丸はとある場所に向かっていく。

「そう緊張しなくても大丈夫だぞ。皆優しくて、いい子達ばかりだからな」

ずっと無言でいるのを不思議がられたか、隣を歩く、勝ち気そうな女性に声を掛けられた。

歳はそれ程離れていない様に見えるが、身に纏っている服装が明らかに違っている。

自分と同じ制服ではなく、仕事先でもよく見掛けられた、黒のスーツ姿。

彼女は、自分が担任を務めているという二年三組の教室に猫丸を案内すると、扉の前で立ち止まる。

「それじゃあ、私は先に中に入るから。黒木さんも、私が呼んだら入ってくれ」

その要求に対し、猫丸は「ハイ」と返事をすると、女性は頷くなり、扉を開けて、その中へと歩いていった。

何やら向こうからガタガタと物音が聞こえてくるが、その後何事もなかったかの様に、つい先程まで目の前に居た女性の話し声が。

「早速だが、今日は皆に重大なお知らせだ。なんと！　このクラスに転入生がやって来たぞ！」

その瞬間、今度はザワザワとした雑音が、耳に飛び込んできた。

多数の視線が壁を介し、こちらに向けられているのが感じ取れる。

「んじゃ、今から紹介するから。入ってきて、黒木さん」

先程と同様に、猫丸は「ハイ」と返事をすると、扉に手を添え、ガラガラという音と共に入室した。

四十はあろう集団の視線が、まるでリンチを掛ける様に、猫丸に集まっていく。

別にどうという事はない。今までにもこういった経験は幾つもあった。

付け加えると、過去にその視線を向けてきた者達は例外なく、その手に得物を握らせていた。

それと比較すれば、あんな手ぶらで、暢気に椅子に座っている無防備な連中の視線など、大して気にする程じゃない。

常人離れかつ常識離れした理由により、転校生にしては珍しく、一切の緊張を見せない猫丸。

一方、そんな不思議な少年を見て、教室に居る生徒達の反応は……。

「なんだ、男じゃん」

「何で手袋なんか履いてんだ？　しかも指抜きの……」

「ねえ、ちょっとアリじゃない？」

「え？　う、うん……。そーだねー……」

各々が思い思いに感想を並べていた。

まるでこちらを品定めでもするような声や視線に、猫丸は若干不愉快に感じつつ。

（そういえば、親父からは一般人生徒達を巻き込まないよう言われてたな。それなら……）

教卓の横で足を止めると、悠然と構え、目の前に並ぶクラスメイト達に向け。自分の正体を隠し、かつ自然に周囲に安全を呼び掛けるように……。

「黒木猫丸だ。先に警告しておくが、死にたくない者は俺に近付くな。以上」

堂々と自己紹介をした。それも、本名で。

偽名を名乗ろうかとも一瞬考えたが、あの父がまさかの本名で届け出を出していた事を思い出し、すぐに選択肢から除外した。

自分より圧倒的に長く業界に居るくせに、そんなミスをやらかすとは。

極秘で動いているのだから、そういった事は気を付けてほしい。

寅彦の失態に、猫丸が呆れたようにため息を吐いていた——その頃。

教室の空気は突如として一転し、何やら異様なモノへと変貌を遂げていた。

「ほ〜〜〜〜。んじゃ、黒木さんはそこの空いてる席に座って」

何故か眼を輝かせている担任教師が指を差すそこは、一番奥に位置する、誰も座っていない窓際から二番目の席。

日差しがよく当たり、とても暖かそうな場所だ。

「分かりました」

指示に従い、猫丸はゆっくりと足を進める。

通り過ぎていった者達が次々と方向転換を始め、尚も視線を飛ばしてくるが、一切気にはしなかった。

「近付くなって……なんだアイツ？」

「なあ、まさか二人目って事は……」

「おいおい、そりゃ勘弁だぞ。ただでさえ一人でも厄介だってのに……」

何やらヒソヒソと話しているようだが、耳を貸す程のものでもないだろう。

そんな事より、今はとっとと着席して、今後どうするべきかを考えなければ。

（まずは誰が紅竜（レッドドラゴン）なのか突き止めなくてはな）

それが出来なければ何も始まらない。だが大体の当たりは付けられる。

裏社会における恐怖の象徴ともいえる殺し屋が、学生だという線は限りなく薄い。女という線も切り離していいだろう。

となると、可能性が高いのは男性の教師か……。

いや待て。標的（ターゲット）を捜索するのはいいが、自分の正体がバレるのを一番に気を付けなくては。

初めての環境に身を置くのだ。いつも通り冷静に動きさえすれば、トラブルが起こる事は無いだろう。

まずは今日一日、この環境に溶け込む事から始めるんだ。

頭をフルに回転させ、自分の置かれた状況を整理すると同時、目的達成までのプロセスを組み立てていく猫丸。

ようやく自分の席に到着し、カバンを机の横にあるフックに引っ掛け、椅子に手を伸ばそうとした。その時──

「──フッフッフ……、よもやこんな所で邂逅を果たすとは……」

突然、薄気味悪い奇妙な笑い声がボソッと聞こえ、猫丸はその方に体を向けた。

すると、隣の席に座っている少女が、眼を閉じ、腕を組みながら、不敵な笑みを浮かべているのが分かった。

(何だ、この女は？)

その様を一言で表すなら、妖しさが服を着ている様な少女だった。

椅子に座っていてもよく分かる、小柄で華奢な体格。

歳に似合わず、幼さが全面に浮き出た顔立ちに、ニヤケ口からひょっこりと顔を覗かせる小さな八重歯。

セミロングの黒髪に、左右で短くすくい取るようにまとめられたツイン。そこに更なるアクセントを加えるように付けられた、煌めく十字架のヘアアクセサリー。

(怪我でもしているのか？　やけに念入りに巻かれているが……)

少女の右腕を見て、猫丸は一瞬気になった。

袖口から見える白い包帯が、少女の腕から掌にかけ、覆い尽くさんばかりに巻き付けられているからである。

これではペンを握るのも難しいだろう。そう思っていた矢先の事。

バンッ！　と、その心配を真っ向から否定する様に、少女は両手で机を叩(たた)きながら立ち上がった。

その勢いで、椅子は脚を引(ひ)き摺(ず)りながら倒れてしまう。……が、少女はそれを一切気にも留めず、左右にそれぞれ漆黒と真紅を宿した瞳で見据えながら、

「我が名は竜姫(たつき)紅音！　待っていたぞ！　私と同じ、闇を生きる者よ！」

左腕を真(ま)っ直(す)ぐ伸ばし、自身の名を叫ぶと共に、その細い人差し指で猫丸をビシッと指してきた。

静寂の教室。猫丸と、突然名乗りを上げてきた謎の少女・竜姫紅音を除く三十八人の生徒達は、目の前で起こった出来事に言葉を失った。

それと同時、その三十八人全員の頭の中に、ある思いが一致する。

（（（また始まった……）））

見ているこっちが恥ずかしい。

湧き上がる様な共感性羞恥が全身に襲い掛かり、居た堪れない気持ちでいっぱいになる。

「ハッハッハ！　相変わらず元気がいいな〜、竜姫は」

口を満開させ、大きく声に出して笑い上げている担任教師。

何を笑ってるんだ。この状況を見て、何とも思わないのか。この人には羞恥心というものがないのか。頭がイッちゃっているのでは等々、教師を見る生徒達の頭の中にそれぞれの疑問が浮かんでいく中。

（さっきから何を言ってるんだ？　この女は……）

猫丸だけが、別の事に疑問を抱いていた。

出会ってすぐ、意味の分からない事を叫びながら、自分の名を語ってきた謎の少女。

その無理矢理な距離の詰め方により、猫丸は早速、目の前のクラスメイトに苦手意識を抱いてしまう。

「む？　どうした、そんな面妖な生き物を目の当たりにした様な顔をして」

振り返ってから何も発さず、ずっと固まったままの猫丸に、紅音は首を傾げる。

その直後、ポンッと急に手を叩くなり、まるで自己完結する様に、うんうんと何度も頷いて。

「ああ成程、私の気迫と覇気溢(あふ)れる自己紹介に、圧倒されてしまったのだな。フッ、私とした事が……」

その時、猫丸の肚(はら)の中で、ムカッとする感情が煮え始めた。

理由は分からないが、何やらこの少女に下に見られた様な気がする。

何だろう、今すぐこのニヤけ面をぶん殴ってやりたい。

そんな思いが、体の中で沸々と湧いていくと。

「さっきから訳の分からない事をベラベラと……。お前は俺をおちょくってるのか？」

自然と、猫丸の口から声が発せられた。

何故(なぜ)だろう、この女には反発してやらないと気が済まない……。こっちが黙ったまま、一方的に口を開かれるのが、不思議と苛立(いらだ)ってしょうがない。

こんな気持ちになるのは、生まれて初めての事だった。

ようやく猫丸が返答してくれた事に、紅音の方もパッと顔を明るくさせる。

「おちょくってなどいない。ただ私は、自分の力を押し殺せない事に対し、猛省しているだけ……」

「その発言が、俺をおちょくってると言ってるんだ」

「フッ、私もまだまだだな……。出会って間もない相手に、我が深淵(しんえん)の一端を見せ付けて

しまうなんて」

「いちいち人をイラつかせる奴だな。お前のその煩い口を、力尽くで閉ざしてやってもいいんだぞ？」

やや雰囲気は良くないものの、会話？　が弾み、教室の端という狭い空間の中で、猫丸と紅音、二人だけの世界が構築されていく。

一方で、それを傍から見物しているクラスメイト達は、互いの目を見合わせながら、困惑してしまう。

「なあ、何かまた竜姫が自分のゾーンに入っているぞ……」

「でも、あっちの転入生の方は、何だかまともな感じがするな。やや喧嘩腰だけど、竜姫の意味不明な言動にも、普通に動揺しちゃってるし」

「もしかしてアイツ、自己紹介はああだったけど、実は結構良識的なタイプなんじゃ……」

第一印象と一変し、彼らの頭の中で、猫丸の評価が少しずつ上がっていく。

そんな事は露知らず、猫丸は目の前の少女に青筋を立て、仄かに殺気を顕にしていると。

「そう怒るな。私は嬉しいのだ。私と同じ、陽の当たる事のない、漆黒に覆われた世界の住人に逢えた事に……」

「また意味の分からない事を……。俺がお前と同じ世界の住人だと？」

少女の言葉に、思わず問い掛けてしまう猫丸。

そんな彼に、紅音はコクリと頷いて、

「そう、私も貴様と同じだ——ブラックキャット」

その鋭い双眸(そうぼう)を合わせながら、そう告げた。

「ブラックキャット……？」

「名前略しただけじゃねーの？　単純に。ほら、あの転入生の名前、黒木猫丸って言ってたし」

教室に居る生徒の誰かが、いち早く紅音の発言の意味を理解し、周囲の人間に伝えていく。

事実、その者の言ってた事は正しかった。

紅音が言ったのは、ただの猫丸の名前の略し言葉。

それ以上でもそれ以下でもない。ただの縮小化された、あだ名だった。

しかし……、

（今、何て言った……？　『黒猫(ブラックキャット)』と言ったか……？）

二人の世界の外側に居た、赤の他人であるクラスメイト達が、次第に気付いていく中、

（この女……。何故、何故……！）

この男だけが、略称を告げられた当人である、この男だけが……——、

(何故!! 俺のコードネームを知っている!?!?)

ただ一人、気付いていなかった。

体中に電流が走った様な衝撃を受け、足の指先から髪の毛先まで全てが硬直し、動かなくなってしまう猫丸。

目を見開き、表情は固くなり、背中の冷や汗が滝の様に止まらなくなった。

猫丸をあだ名で呼ぶのは、父を含め、限られた親しい仲でしか存在しなかった。

呼ばれていたあだ名も、『ネコ』というたった一つしか存在せず、それ以外の呼び名で呼称される事は、人生で一度たりとて無かったのである。

また、彼のもう一つの呼び名である『黒猫(ブラックキャット)』も、積み重ねてきた実績により元々所持していたコードネームが『色』を冠し、殺し屋業界に留(とど)まらず裏社会全域に広まったモノ。

したがって、

(まさか……いや、間違いない……この女——)

彼をその名で呼ぶ者は、

(――俺と同じ世界の人間だ!!)

それ以外にあり得ない。そう、あり得ない事だった……。

(まさか、一番危惧していた事が、早速暴かれてしまうだなんて……!)

想定外の急展開に、焦りを隠せずにいる猫丸。

動揺、焦燥、混乱、困惑。ありとあらゆる精神攻撃が一斉に襲い掛かり、猫丸の思考と判断を鈍らせる。

「お前……一体何者だ!?」

自然と手が腰に隠されたナイフに添えられ、今にも殺しに掛かりそうな猫丸は、思わず、対面する少女に正体を訊(き)いた。

たった一人だけ違うテンションに、周囲のクラスメイト達は再びドヨドヨとし始める。

「お、おい……、何か『何者だ』とか訊いちゃってるんだけど……」

「嘘(うそ)だろ……。せっかくまともな奴がやって来たと思っていたのに……」

落胆するクラスメイト達。しかしその一方で、ここにまたしてもただ一人、他の者達とは違った反応を見せる者が。

「何者だ……か。フッフッフ、そうだな。折角(せっかく)だ、貴様には明かしてやるとしよう」

先程までとは一変した、猫丸の驚き様に感化され、紅音も段々とテンションが上がってくる。

一度は言われてみたかったセリフ「一体何者だ」。それは、彼女の持つ琴線に濃厚なまでに触れ、紅音の勢いは増すばかりであった。

それが、二人の運命の歯車を大きく狂わせるとも知らず……。

「諦聴せよ！　そしてその名を脳に刻み、畏敬をもってひれ伏すがいい！」

鋭い眼光で猫丸を射すくめ、紅音はブレザーをマントの如く翻す。

埃混じりの風の中、彼女は顔を隠すように右手を添えると、その五指から覗かれる双眸で真っ直ぐに眼前に立つ同志の姿を捉えたまま、

「我はレッドドラゴン!!　生きとし生ける者の絶対的頂点にして、世界の寵愛を一身に受けし超越者なり！」

高らかに、そう叫んだ。

再び静寂が教室を包み込む。

（あー……恥ずかしい……っ）

呆れたようにため息を吐く者。無関心を貫こうと視線を向けない者。朝から元気がある事を関心に思う者など、一つの空間内で各々が様々な反応を示していく中。

その名乗りに最も過敏な反応を示したのは、

「紅(レッド)……竜(ドラゴン)…………!?!?」

事実、猫丸(この男)であった。

全身から止め処(とど)ない冷や汗が噴き出る。思わず瞬(まばた)きを忘れてしまう程に眼はかっぴらかれ、体中の毛が逆立つのがよく分かった。

「そんな……、まさかお前が……あの伝説の……？」

「フッ、そう。私があの！　伝説の！　レッドドラゴンだ。やれやれ、やはり貴様の耳にもこの名は轟(とどろ)いていたか」

震え声での猫丸の問いに、紅音は腕を組みながら自慢げに答える。

衝撃的事実を前に、猫丸の思考はショートする目前まで迫っていた。

一体誰が予想出来ただろう。まさかこんなにも早く、標的(ターゲット)と鉢合わせる事になるだなんて。

しかも、向こうからこちらに接触し、あまつさえ正体まで明かしてくるなど誰が予想出来ただろう。

(ど、どうする……？　この女、ここで殺すか!?)

もしここが自分達二人以外居ない空間なら真っ先に武器を取り出し、戦闘態勢に入りたいところだが、生憎ここは教室。三十八人の生徒と一人の教師の目がある。

武器は勿論、素手による攻撃すらここでは封じられてしまう。

せめて、野次馬の目さえ無ければとも考えたが、紅音が注目を浴びるような名乗りを上げてしまった為、それも叶いそうにない。

（戦わずしてこちらの思考・行動に制限を掛け、短時間で戦場を支配、掌握してしまうとは。これが最強の殺し屋……）

「おーい、お二人さーん。仲良くやってるとこ悪いけど、そろそろホームルーム終わらせないといけないから。その辺で切り上げてくんなーい？」

「……ハッ！」

担任の呼び声に、一瞬冷静さを取り戻した猫丸。

急にドッと、体の力が抜けていった気がした。

「フッ、どうやら、続きはお預けと言ったところか」

「…………」

満足げな表情を見せ、ふっ飛ばしてしまった椅子をいつの間にか元に戻してくれていた隣の女子生徒にお礼を言うと、紅音はゆっくりと着席する。

それに合わせ、猫丸も自分の椅子を引きながら、そこに腰を下ろした。

ようやく場が落ち着いたのを確認すると、担任教師は目の前に並ぶ、計四十人の生徒達に話を始めた。

「えー、早速色々と面白い事になってた訳だが、黒木もここに来たばっかりだし、分からない事も多いだろう。その時は、皆が優しく声を掛け、助けてあげるようにな――！」

終わりを告げるチャイムが鳴るまで、話を続ける担任教師。

各々がその言葉に対し、複雑な心境を抱えていく中。

（どうする……？　まさかこんな形で標的と出くわすとは思ってもみなかった。今すぐ殺すべきか？　いや、人の目がある以上、迂闊に動く訳には……。しかし先手を打たれているのだし、ここは迅速に対応して……。いいやでも――！）

猫丸は今も尚、隣に座る紅音の処理に頭を悩ませていた。

こうして、猫丸という殺し屋兼高校生の、一人の少女へ向けた勘違いの連鎖が、幕を開けた。

◇

――一限目。

チャイムの音が鳴り響くと同時、猫丸にとって人生初めての授業が開始された。

最初の授業は英語。担当の教師が全員に教科書を開くよう指示すると、あちこちからページを捲る音が聞こえてくる。

「はい、では前回に引き続き、仮定法の勉強を行っていきます。まずおさらいですが……──」

教卓に位置し、教科書に記述されている内容を読みながら、教師が黒板にその要点を書いていく中。

（クソッ、まさか最初から躓く事になるだなんて……。それもこれも、全部この女のせいだ……！）

猫丸は、授業に全く集中出来ていなかった。

唐突な出来事に困惑し、頭を抱えたまま眉間に力いっぱい皺を寄せてしまう。

一応指示されたページは開いているものの、教科書の隣にあるノートには一切手が加えられておらず、見事なまでに真っ白な状態。

右手に握られているペンも、文字を書く為の通常品ではなく、事前に筆箱に仕込んでいた暗殺用のシークレットナイフであった。

（一見、平然と授業を受けている様だが……。ついさっき、俺の正体を暴いた挙げ句、自分の正体まで明かしてきた奴だ。心の奥底で、何かしらまた企んでいるに違いない……）

自分の隣の席に座る少女を何度も一瞥しながら、頭の中で幾度となく思考を繰り返す猫丸。

その表情はどんどん強張っていき、知らず知らず、近寄り難い雰囲気を醸し出してしまっていた。

「おい、あの転入生めっちゃ怖い顔してんぞ……」

「ヤベーよアレ……。今にも人殺しそうな雰囲気じゃん……」

（私か？　私の授業がつまらないせいか？　私の授業がいけなかったのか⁉）

教師を含め、教室に居るほぼ全員が、猫丸の体から溢れ出る威圧感に押され、冷や汗で背中をベッタリと濡らす。

その様な事態に気付かぬまま、猫丸は自身をこんな状態に貶めた元凶、紅音の動きを監視し続けた。

ホームルーム終了後、紅音を自身の標的である最強の殺し屋『紅竜』と知った猫丸は、自ら紅音の調査を行っていた。

家の者に増援を依頼する選択肢もあったが、寅彦から極秘で動くよう言われている以上、安易に頼る訳にはいかない。

そもそも、自分が抜けた穴を埋める為、家は今総出の大忙し状態なのだ。

たとえ事情を隠すにしても、流石に無理を言って人数をこちらに割いてもらうのは、猫丸にとって非常に申し訳ない事だった。

（俺一人で乗り切るしかないか……）

こうなってしまった以上、もう迂闊には動けない。慎重に事を運ばなければ、痛い目を見るのは自分だ。

もし戦闘に発展したとしても、今ある武器で対応出来るかどうかは正直疑問だ。

相手がどれ程の力量の持ち主なのか不明である以上、まずは情報収集に専念せねば。

今自分が為すべき事を頭の中で整理し、猫丸はいつ紅音が動き出してもいいように構えながら、その様子を観察する。

そして遂に、紅音に動きが——！

「『Sana started talking as if she had used to live in New York.』——ではこの英文を、誰かに訳してもらいましょうかね。ええとでは……」

「ハイ！」

黒板に書かれた英文を読んだ後、誰かにそれを和文に直してもらおうと教師が振り返ったその時。元気のいい声と共に、紅音が天井に向けてその右手を真っ直ぐに伸ばす。

当然、猫丸もその姿を見逃さなかった。

「あー……ハイ。じゃあ竜姫さん、お願いします」

「フッ、さあ皆の者！　刮目して聞くがいい！」

「紅音紅音、聞くだけなら刮目する必要は無いのでは？」

困惑の反応を見せる教師と自信満々に宣言する紅音、冷静にツッコミを入れる隣の眼鏡を掛けた少女。

(何だ、ただの和訳か……。まあ、これくらい問題ないか)

張り詰めていた緊張感から解放され、猫丸は一度安堵する。そして、教師が黒板に書いた英文を見るや否や、瞬時に解答を頭に思い浮かべた。

全世界が仕事場となる以上、殺し屋にとって、公用語として利用される事の多い英語の修得は必須。

当然、難なく答えられるだろうと思っていた猫丸は、紅音の和訳に耳を傾けると。

「『サナ！　よくも私達を裏切ったな！』『おや？　どうしましたかキャサリン、凄い剣幕ですよ？』『とぼけるな！　アンもロバートも、貴様を仲間だと信じていた！　勿論私だって……』『生憎ですが、私は一度たりとも貴方達を仲間と思った事はありません』『き、貴様ァァァァ!!!!』――」

「あの、もういいですよ竜姫さん……」

まるでサスペンスドラマのワンシーンのように熱く叫ぶ紅音に、教師が慌ててストップを掛けた。

「むう……、まだ途中だったのだが」

不満気に口を尖らせながら着席する紅音。

　そのあまりの間違いっぷりに、自分が思い浮かべていた解答と似ても似つかぬ解答に、隣に座る猫丸は思わず唖然(あぜん)としてしまった。

　勿論、その反応を見せたのは猫丸だけではない。

　紅音を除く全てのクラスメイト達と、その紅音に和訳を命じた教師までもが何も言えぬまま一斉に頭を抱えてしまう。

　凍り付く空気の中。授業を進める為、教師は切り替えるように一つ咳払(せきばら)いした後。

「えーっと、じゃあその隣の……。黒木さん、代わりにこの和訳をお願いします」

「えー、『サナはまるで昔ニューヨークに住んでいたかのように話し始めた。』」

　指名を受けた猫丸が立ち上がるや否や淡々と正解を返した事で、その波乱で珍妙な掛け合いは幕引きを迎えた。

「ありがとうございます……。着席してください」

（ふ、普通に終わったな……）

（あ、ああ……。まあ、それで全然いいんだけどさ）

　てっきりもう一波乱起こるかと思えば、意外な結果に終わった事に生徒達の口から安堵の吐息が放たれる。

　猫丸がそのクラスの空気に、なんとなく違和感を覚えていると、隣の調査対象から話し掛けられた。

「フッ、中々やるな、ブラックキャット」

「これくらい当然だ。それより何だ、さっきのふざけた解答は。あんな滅茶苦茶(めちゃくちゃ)な和訳、とても聞くに堪えなかったぞ」

「フッ、アレをただの解答と勘違いするとは……。貴様もまだまだだな」

「何だと……？」

急に下に見るような発言をしてきた為、猫丸は苛立(いらだ)ちを顕(あらわ)にする。

「なに、貴様のような迷い猫に、私なりにメッセージを伝えたまでだ」

「メッセージ？」

不敵な笑みを浮かべる紅音。その表情、その言葉に猫丸は何とも言えぬ怪しさを感じると、先程紅音が和訳した内容をノートに起こし、更に英文にも直してみる。

当然、そこには何の意味も記されていない。無駄足だったかと、猫丸は改めて教科書に目を遣(や)る。

すると、ある共通点が存在していた事に気が付いた。

（……！　Sana(サナ)、Catherine(キャサリン)、Anne(アン)、Robert(ロバート)……。全部この教科書の登場人物！）

ただ適当に連ねた名前ではないと分かるなり、猫丸は急いで教科書の内容に目を通していく。

ザッと読んでいくと、主人公のサナが日本からニューヨークの高校へと転入し、キャサリンやアンといった友人を作り、そこから沢山のコミュニティを築いていくという話がこの教科書で描かれている事が分かった。

　先程猫丸が和訳した内容も、早く色んな人と仲良くなりたいと思ったサナという少女がクラスメイトに親近感を持ってもらおうと、自己紹介で見栄（みえ）を張ってしまうというワンシーンだ。

　決して紅音の和訳のような、殺伐とした話ではない。

　更にページを捲っていくと、次々と新しい人物が教科書にその名を連ねていった。

Edward（エドワード）、Drake（ドレイク）、Yosuke（ヨウスケ）、Cameron（キャメロン）、Aaron（アーロン）、Toka（トウカ）……。

　登場人物はこれで最後。しかし、これだけでは紅竜（レッドドラゴン）の言うメッセージが一体何なのか分からない。

　きっとまだ何か法則がある筈（はず）。

（奴が俺に伝えたというメッセージ。おそらく何か暗号のような形にして……）

　意味など無いのかもしれない。しかしそれでも、猫丸は考える事を止めなかった。

（登場順にそれぞれの頭文字を並べてみるか？）

　そう思い至るなり、猫丸は早速一人ずつ試してみると。

（S……C……A……R……――）

　そこに記されていたのは、

『SCAREDY CAT（臆病者）』

猫丸に対する、最大級の侮辱であった。

「なっ……!?」

思わず驚きの反応を洩らす猫丸。自然とペンを握る手にも力が入り、バキッという激しい音が教室中に響いた。

（この女、俺を臆病者だと!?　舐めた口を……！）

挑発されたと思い込み、猫丸はどんどん顔を顰める。

苛立ちが抑えられず遂には殺気がだだ洩れとなってしまい、教室の空気をまた一度凍り付かせた。

――二限目。

ジャージに着替えた猫丸は、クラスの仲間達と共に、体育館へとやって来た。

広々とした空間を分ける様に、巨大なネットが間を仕切っている。

どうやら、今度の授業は男女別々に執り行われるらしい。

「おっしゃナイッシュー！」

る。

同じ服装をしたクラスの男子達が五人のチームに分かれ、互いにボールを取り合ってい

「戻れ戻れお前ら！」

全身をフルに使い、何度も地面にボールを叩きつけて跳ねさせたまま敵陣に突っ込むと、相手チームが守護するリング目掛け、そのボールを放り投げた。

（これがバスケットボールか……。初めて観たな）

壁に背を預け、端の方で観戦しながら、猫丸は競技の仕組みを学習する。

ある程度理解すると、今度はネットの向こうで行われている競技に目を遣った。

「はーい、パスパス！」

「アタック来るよー！　構えて！」

掛け声に合わせ、一チーム六人の少女達が、同じく一個のボールを扱い、点数争いをしている。

こちらと大きく違うのは、自陣と敵陣との間に仕切りがある事か。

宙に打ち上がったボールが叩かれ、向かいの陣地に物凄い速さで送られる。

すると、一人の少女が両腕を巧みに使ってそのボールの勢いを上手く殺し、高く打ち上げたボールを、今度は別の少女が同じ様に敵陣に叩き付けた。

（アレがバレーボール……。成程、反射神経と体の使い方を鍛えるには、中々いいスポー

ツだな）

過激的応酬を目にし、表社会にも面白いものがあるなと感心する猫丸。

そんな彼の視線の先で、ようやく目的の彼女が動き出した。

「紅音！　行きましたよ！」

「うむ！　任せろ！」

掛け声に合わせ、紅音は大きく手を伸ばす。

丁度彼女の真上には、味方のレシーブによって打ち上げられた、ボールがあった。

「フハハハハハハハハハハ！　さあ、天から舞い降りし黄珠よ！　その身を預け、我が手元に還るがいい！」

声を張り上げながら、宙にあるボールに向けて手を掲げ続ける紅音。

彼女の望み通り、ボールは重力に逆らう事なく、そのまま紅音の元へと落ちていって
……。

「──キャウン!!」

そのまま、彼女の両手を素通りし、額に勢い良く直撃した。

赤くなった額を手で押さえ、痛みに悶絶する紅音と、その様子をただただ無言で見据えるクラスメイト達。

「ううっ……、いっ、痛い。この私に傷を付けるとは、流石は神の寵愛を受けし黄珠よ

「……」

「オーバーハンドパスは、ただ手を上に向ければいいってものじゃないですよ、紅音。ちゃんと両手の親指と人差し指で三角形を作って、しっかりボールを受け止めないと」

「むーん……」

眼鏡少女に起こしてもらいながら、紅音は難しそうに首を捻る。

その様子を静かに眺めていた猫丸は、

（紅竜、なんだその動きは……。見苦しいにも程があるぞ）

まさかの姿に疑念を、不審感を抱いていた。

あの伝説とも謳われている殺し屋が何たる様か。

反応も動きも、明らかに周囲の一般人達のそれを下回っている。

最強と称される程なのだから欠点など何一つなく、球技に関してもてっきり腕に自信のあるものだと思っていたが。

「危機察知能力もまるで感じられん。眉唾だったか……？」

「転入生！　出番だぞー、早く来い」

呼び声が聞こえ、その方を見てみると。既に味方と、相手チームが向かい合ったまま並んでいる。

呼んできたのは、彼らの間に立つ審判役の体育教師の男だ。

呼び声に応じ、猫丸は彼らのもとに走っていく。

試合前の一礼を終え、それぞれが配置に付き始めると、すぐに開始の笛の音が鳴った。

ボールを巡り、一斉に走り出す敵味方達。

それに対し、猫丸は棒の様に立ち尽くしていると。

「転入生！　頼む！」

敵に囲まれていた味方から、持っていたボールを渡された。

受け取ったボールを、とりあえず先程のクラスメイトの見よう見まねで地面に叩きつけてみるが、戻ってくるボールに動きを制限され、上手くその場から離れられない。

「意外と難しいな……」

人生で初めてやる球技。触れた事すらない大きさのボールに苦戦していると、敵チームの二人が正面からやってくる。

「うっしゃ行くぞ、陽太（ようた）！」

「おう！　覚悟しろよ中二病野郎！」

「!?」

走り出す二人の男子生徒。

襲い掛かってくるその姿に猫丸は驚き、咄嗟（とっさ）に後退（あとずさ）りしたその直後。

一瞬の内に中央突破し、すれ違いざまにワイヤーでその二人組を拘束した。

「「⁉⁉」」

「──あっ。しまった、つい……」

跳ね上がったボールが床に着地すると共に、二人組の体が勢いのままに倒れる。

「ちょっ、なんだコレ⁉」

「なんか変なモンが巻き付いて……。ちくしょう、全っ然動けねェ！」

もがく二人を背に、反射的にワイヤーを取り出してしまった事をひっそりと反省する猫丸。

周りの者は何が起こったのかよく分からなかったようなので一旦素知らぬ顔で通す事にし、再びボールを確保すると。

（こうなったら、もう直接ゴールを決めるしかないな）

また誰かがボールを取りに来たら、反射的に得物を取り出してしまいそうだ。

仕事の為目立たないようにする以上、このままドリブルで行くのは得策ではない。

かといって、この距離からこんな大きなボールを投げてみたところで、確実にゴールに入るとも限らない。

（──そうだ。リングに入れるだけなら、別に投げる必要もないじゃないか！）

思い付くと同時、猫丸はバウンドを中断すると、ボールを片手に持ったまま両脚に力を込め始める。

突然止まった猫丸を見て、残りの敵チームのメンバーが接近を試みようとした――次の瞬間。

猫丸は跳躍し、ゴール目掛け弧を描くように宙を舞った。

距離にしておよそ５ｍ。高さは３ｍを優に超え、目標地点よりも高い所からそのボールをリングの間に叩きつけ。

ガコンッ！　という力強い音が体育館中に響き渡り、ボールと共に猫丸は着地する。

「よし、これで得点……――ん？」

振り返ると、多くの者が自分を注視している事に気が付いた。

それは味方や敵に留まらず、審判役の体育教師、観戦していた男子生徒にネットを介して観ていた女子生徒達。

その人間離れしたパフォーマンスに多くの者が呆然とし、目を奪われていた。

そして当然、その中には彼女も含まれていて……。

「……うわぁ、カッコイイ……！」

その紅と黒の眼をキラキラと輝かせながら、感嘆の声を洩らす紅音。

ハッとした後、「いけないいいけない」と思いながらモードを切り替えるように咳払いし。

「コ、コホン！　やるなブラックキャットよ！　それでこそ、我が同志というもの!!」

ネットの遠く向こうから、再び余計な事を口から放つ女の声が猫丸の耳に届いた。

「こうしては居(お)れんな。どれ、私も能力(ちから)の一部も見せてやろう」

両手で抱えたボールを宙に放ると紅音は走り出し、勢いよく跳躍する。

一方で、声に反応した猫丸はふと紅音の方に目を遣(や)り、「まだ何か叫んでるな」と呆れたようにしていると、

「獄炎よ！　我が手に宿り、一切の敵(かたき)を灰燼(かいじん)に帰せ！　灼炎紅竜砲(ドラゴンブラスター)!!」

「!?!?!?!?」

紅音の放ったサーブが敵陣ではなく、猫丸目掛け飛んできた！

突然の出来事(アクシデント)に驚愕(きょうがく)する猫丸。

次の瞬間、放たれたボールは猫丸より数ｍ手前で破裂し、バラバラになった残骸が静かに床へ散っていった。

（この女、まさか堂々と奇襲を仕掛けてくるとは……！）

右手で仕込み銃を構えたまま、猫丸は紅音の奇行っぷりに衝撃を受ける。

ボールが突如として破裂したのは、猫丸がその銃で迎撃したからであった。もっとも、男女間はネットカーテンで仕切られていた為、その必要は無かったのだが。

攻撃が来たと勘違いしてしまい、すっかりその事を忘れてしまったのだ。

またしても後手に回ってしまった。

幸いな事に、猫丸を除く体育館に居る者全ての視線はボールだった残骸(もの)に集中し、銃声

がボールの破裂音と重なる事で、上手い具合に周囲から隠す事に成功している。

「ふえっ⁉　ボ、ボールがいきなり……。──フ、フフッ。成程、我が能力に器が耐え切れなかった、という事か……！」

「やはり侮れん。早急に手を打たなくては……」

「ねぇ、なんかここの壁変な傷付いてんだけど……」

「ホントだ。なんだろう、なんか金属の塊みたいなのが嵌まってるみたい」

◇

──時は進み、三、四限目の終了後。

「往くぞコマコマ！」

「ハイハイ、急ぎましょう急ぎましょう」

昼休みを知らせるチャイムに合わせ、隣に座る友人の手を握ったまま、紅音は突風の如く教室を飛び出した。

それと同時、クラスの者達が続々と机の上に弁当箱を並べ、親しい者同士で机をくっつけるなど、各々のやり方で昼食を摂っていく中。

（……よし、行くか）

猫丸も席を立ち、颯爽とその場を後にした。

目的地は決まっていない。だが、目標とする人物は決まっている。

教室を出てすぐ、視界の奥にその少女の姿を確認すると、向こうに気取られないよう一定の距離を空けながら、猫丸はその後を追い続けた。

やがて、向こうが階段を上っていくのを目にすると、一切の足音を立てぬまま、尚も追跡する。

「紅音は本当に、あの場所が好きですね」

「ええ、この閉鎖された監獄の中で、あの場に吹く風だけが私に翼を授けるから……」

「ハイハイ、屋上は風が気持ちいいですからね」

上の方から、目標とその連れの話し声が聞こえてくる。

耳を澄まし、何とか正確に会話の内容を盗み聞こうと試みるも、途中現れたドアの開閉音の様なものにより、それは阻まれてしまった。

数秒前まで、こちらに響いていた筈の二人の声が、途端に聞こえなくなる。

猫丸は急いで階段を駆け上がると、案の定、そこにはつい先程開かれた形跡のあるドアが。

（この先か）

ドアノブに手を掛け、細心の注意を払いながら、猫丸はそっとその戸を押した——その時。

涼しい春風に肌を撫でられ、空から射す白光に眼を眩まされながら、その視界に映り込んできたのは……、

「フハハハハ！　空よ！　風よ！　我が威光に崇めひれ伏し、畏怖を抱いて慄くがいい!!」

綿雲の泳ぐ大空に向かって腕を拡げながら、腹の底から笑い叫んでいる、標的の姿だった。

空に向かいながら、一体何をはしゃいでいるのか。何を吠えているのか。何を高笑いしているのか。

不可思議極まりないあまり、猫丸は思わずポカンとしたまま静止していた。

（ハッ！　ボヤボヤするな。勘付かれる前に、さっさと隠れるんだ！）

音を立てぬよう、そっとドアを閉めるや否や、猫丸は急いで物陰に身を潜めた。

運良く、猫丸が追っていた二人の少女は入り口と逆方向を向いており、隠れた場所も、彼女達の死角に上手く位置している。

気取られる事のないよう、猫丸は細心の注意を払いながら、耳を澄まし、じっくりと目

を凝らして、二人が何を話しているのか、標的が何を考えているのかを観察する。
傍から見ると、その様はまるで二人の少女に付き纏っているだけの、ただのストーカー
にしか映らないだろう。
気配を絶ち、まじまじと女子高生の背中を目に記憶させる格好は、正に慣れているとし
か思えない様な上級者だ。
そんな上級者に、全身で風を感じている紅音は一切気付かぬまま、
「コマコマもどう？　一緒にこの解放感を味わって……」
「私は遠慮しておきます。自分の一生に、拭い切れない黒歴史が刻まれそうなので」
真っ向から友人に誘いを断られたことを残念に思い、「そう？　気持ちいいのになあ」
と小さく呟く。
その後、二人は協力して床にシートを拡げるや否や、白昼に澄み渡る青空の下で、共に
弁当を囲んだ。
一見すると、それはどこにでもある様な、普通の食事風景。
何の変哲もおかしさもない、普通の女子高生が送る時間であった。
（動きはない……。食事中は流石に大人しくなるものなのか？）
授業時とは一変し、特に目立った行動を見せてこない紅音に、猫丸は思わず意外な印象
を受けてしまう。

（いや、油断するな。これまでも奴は俺の一瞬の気の緩みを見逃さずに突いてきたじゃないか！）

そうだ、奴はこの数時間の間に幾度となく猫丸が油断するように仕向け、罠に嵌めてきた。

一限目は滅茶苦茶な和訳に紛れてこちらを挑発し、二限目は一見注意散漫と取れる行動を見せ付けつつ、油断したこちらに奇襲を仕掛けてきた。

三、四限目も同様な遣り口でこちらを罠に嵌め、すっかり手玉に取られてしまっている。

これが戦闘なら、既に猫丸は9——いや10回は優に殺されていたであろう。

（しかし、未だこうして俺が生かされているのは何故だ？）

何か猫丸が殺される事で、不都合が生じる理由でもあるのだろうか？

急に転校生が居なくなる事で周囲に不審に思われるから？

それなら他の生徒や教師達の記憶を消去すればどうとでもなる。猫丸が奴ならそうする。

それとも単に一般人である生徒達に、殺しの光景を見せたくなかったから？

いや、なら朝のホームルーム時に猫丸の前で堂々と正体を告げている時点で、その仮説は破綻している。

猫丸が殺し屋・黒猫であると最初から分かっていたのであれば、わざわざ明かす事無く機を窺って仕留めた方が合理的だ。

それに正体を明かした時点でこちらは標的（ターゲット）を認識出来てしまうのだし、手荒な手段を取る危険性も充分あり得るのだから、猫丸に殺しのチャンスを与えている時点でその線は考えられない。

紅音の行動が、紅竜（レッドドラゴン）の狙いが全く読めない……。

頭を悩ませ、答えの生まれない考察をひたすらに繰り返す猫丸。

しばらく経過し、悩みに悩みぬいた結果──彼の頭の中で、一つの結論に至った。

「まあ、奴の目的が結局何であろうと、俺の目的は変わらん。このまま野放しにしておけば、俺の仕事の障害となるのは必至。ただでさえ朝の時に、周囲に俺の正体をバラそうと企（たくら）み、実行に移した奴だからな。このまま生かしておく理由も無い」

そうして、猫丸は左右の手にナイフと銃をそれぞれ握ったまま、紅音の動きを尚も監視する。

隙を見せた瞬間、確実にその命を狩るつもりで。

この短い時間で、何度も人の注目を浴びる様な奴だ。急に居なくなれば、間違いなく騒ぎが起こるだろう。

しかし、このままずっと生かし続け、共に高校生活を過ごす羽目になるのはもっと危険だ。

いつまた余計な事を喋（しゃべ）り、余計な情報が周囲に漏らされるか、分かったもんじゃない。

予測さえも出来ない。

近くに居る眼鏡の少女には悪いが、眠らせた後、あの女についての記憶を消してもらうよう手配しよう。

長期戦は不利。時間はあると思うな。

殺らねば、殺らなければ。

今……、ここで——！

猫丸は意を決し、遂に問答無用で手に掛ける事だけを考えた。

薄暗い物陰で、銀色の光が鈍く輝く。

視線の先に居る、食事を楽しみながら交わされる少女達の会話を聞き逃す事のないよう、猫丸は目と耳に集中を込めた。

その一方で、

「——そうだ紅音、前々から言いたかった事があるのですが……」

「……？　言いたかった事？」

太陽の反射光により、眼鏡が眩しいくらいに白く輝いている少女が、思い出したかの様に新しい話題を切り出した。

紙パックに刺さったストローから口を離すなり、その口から放たれた言葉に、真向かいに座る紅音は首を傾げる。

「今日……というより、いつもですか。紅音は体育の時にも、必ずその包帯を巻いていますよね？」

　どうやら、紅音の右腕に巻かれた包帯についての話の様だ。

　その質問に、紅音は元気良く頷(うなず)くと。

「うん、もちろん！　それがどうかした？」

　肌の上から覆われている白い部分を撫でながら、質問を返した。

　それに対し、眼鏡少女は何の感情も示さない様な真顔で、

「それ、外したらどうなんです？」

「何を馬鹿なことを!?」

　サラッと言われた一言に、紅音は信じられないとばかりに驚愕(きょうがく)した。

　カチャンと音を立てた一膳の箸が、シートの敷かれた床の上で仲良くコロコロと転がっている。

　このままでは汚れてしまうと思い、眼鏡少女はすかさずそれを拾ってやる一方、紅音は先程の友人の言葉に未だ固まったまま、徐々にそのエンジンを掛け……。

「コマコマよ、突然何を吐(ぬ)かすかと思えば……。包帯(コレ)を外せだと？　私は一瞬、闘神(トール)の雷撃(いかずち)に打たれたかと思ったぞ！」

「だって、そうじゃないですか。紅音は特に怪我(けが)をしてる訳でもないですし、どう考えた

って不必要ですよ？」

淡々と告げ続ける眼鏡少女。

（確かに、今日一日ずっと包帯を身に着けていたな……。あの腕で、普通にスポーツにも興じていたし）

少女の発言に、遠くから見ている猫丸も同調する。

彼女の言った通り、紅音の右腕に巻かれている包帯は、包帯としての役割を全く果たしていなかった。

むしろ、腕が縛られるだけで、窮屈以外の何物でもないだろう。

それなのに何故、彼女は包帯を纏っているのか。

そんな疑問が、猫丸の頭にふと浮かび上がる中。

「不必要などではないぞ！　コマコマよ、私が何の意味もなく、腕に包帯を巻き付けている訳がないだろう！」

「と、言いますと？」

そんな疑問に答える様に、

「この腕にはな！　私の中に眠る、強大な能力(ちから)が封印されているのだ‼」

紅音は、遠くの猫丸の耳にもハッキリ聞こえる声量で、堂々と返答した。

「「強大な……能力(ちから)？」」

猫丸と眼鏡少女が、揃(そろ)えて口から同じ疑問を漏らす。

無論、猫丸の声は向こう側に届いておらず、今から首を取ろうとする相手の言葉に反応し、体も動かないでいた。

（強大な能力(ちから)だと？　やはりあの腕に何か隠していたか！）

好機。遂に念願となる、あの紅竜(レッドドラゴン)の得物が明らかとなる事に、猫丸は今日初めての歓喜を見せた。

場合によっては仕事の難易度が跳ね上がるとはいえ、『あの伝説の殺し屋が一体どのような攻撃手段を持っているのか』この情報一つで今後幾つもの計画を立てられるし、それが対処可能なモノなら万々歳だ。

千載一遇のチャンス！　何としても、その正体を確認せねば。

その意図を偶然汲(く)み取(と)ったかの様に、同じく紅音の発言に反応していた眼鏡少女が、質問を投げ掛ける。

「一応尋ねますけど、強大な能力って、一体何なんです？」

「フッ、よくぞ訊いてくれたな。まず、この左腕に秘められし能力だが……——」

「右腕の方を訊いていたのですが……。まあいいです」

呆れる様にため息を漏らす眼鏡少女。それとは逆に、ゴクリと固唾を呑み込む猫丸。

正反対の面持ちで二人が構える中、紅音はニヤニヤと不気味な笑みを浮かべたまま、左腕に付けられた漆黒のブレスレットを指でなぞって、

「——この封印が解かれた瞬間、私を中心に、半径５００メートルの地帯が炎に包まれ、紅蓮の地獄と化すのだ!!　その名も、『燃ゆる真紅の炎熱地獄』!!」

と、何とも荒唐無稽なことを言い出した。

それを聞いた瞬間、眼鏡少女は「ああ、成程……」と呟いて。

（また新しい設定か……）

やれやれとばかりに、また一つため息を吐いた。

まるで、いつもの事の様に……。

その頃、猫丸は……、

（何……だと……）

額にじっとりと脂汗を掻きながら、石像の様に硬直していた。

ギョッとし、大きく見開かれた右の瞳が、その動揺っぷりを物語る。

（半径500メートルが、一瞬で炎に包まれる？　あの腕輪が外されただけで？　そんな話は聞いた事もない。聞いた事もないぞ……！）

未知の告白に心を揺さぶられ、猫丸は咄嗟に頭を物凄い勢いで回転させる。

それが嘘だと、紅音自身が創り上げた、ただの妄想だとも知らず……。

その頃、自分達を見張っている者がそんな状態に陥っていようとは露知らず、己の妄想に浸っている紅音に、眼鏡少女は……。

「左の方は分かりました。でもやっぱり、包帯は危ないですよ。走っている時に解けて、うっかり踏んだりすれば転んじゃいますよ？　体育の時だけでも、外してスッキリさせた方が……」

「右はダメだ!!」

突然、眼鏡少女の提案を、紅音が焦る様に否定した。

急な大声に、猫丸と眼鏡少女はビックリしてしまうと、険しい表情をした紅音が右腕を強く摑み。

「右は更に恐ろしい……。この右腕が解き放たれた時、左とは比べ物にならないくらいの甚大な被害が出てしまう……！」

声を低くし、まるで本当に危ないかの様に語り出した。

「はあ……。で、どれくらい危険なんです？」

最早何度目か分からない質問を、眼鏡少女は投げ掛ける。

その問いに、紅音は一瞬無言になり、「えーっと……」と呟いたまま熟考した後。

「……地球が消し飛ぶくらい…………かな？」

段々と声を小さくし、最後の方は、近くにいないとほぼ聞き取れないくらいの声量で答えた。

（後付け感……）

ついさっき思い付いたんだなと察知し、眼鏡少女は尚も呆れながら、「そうですか」と適当にあしらう。

同じ頃――、

「ハァ……ハァ……ハァ……」

壁に凭れ掛かり、床に尻もちを付いていた猫丸は、全身から汗を噴き出しながら、荒い呼吸を繰り返していた。

武器を落とし、その手で胸を強く押さえる。

（今……何て言った？　あの女、今……何て言っていた？）

体を特に動かした訳でもないのに、その様子は酷く疲れている様だった。

……違う。疲れているのではない。焦っているのだ。

内側から爆発する様に、猫丸の中で筆舌に尽くし難い程の焦りが、猛烈な勢いで押し寄せる。

要因はただ一つ。

それは、彼が俗世から長く遠く離れていたが故の、

（いや、俺は聞き逃さなかった。聞き逃さなかったぞ。あの女……――）

文字通り、己の無知が運んできた、

（――右腕が解き放たれた時、地球が消し飛ぶと！　確かに言っていた!!）

ただの、勘違いである。

額から溢れる汗が肌を伝い、屋上の床に小さな水溜まりを作り上げる。

衝撃の事実を知ってしまったせいか、拳に力が伝わらない。

（待てっ……！　よく考えろ、俺！　腕が解放されたぐらいで、そんな事が有り得るのか？）

一瞬、猫丸の思考が正常に戻った。

そうだ。どう考えても有り得ない。有り得る筈がない。

（左腕に関してならまだ分かる。人体に兵器を埋め込んだり、サイボーグ手術を施したり

するのは、裏の世界では珍しくもない事だ）

実際、その様な改造を繰り返し、殺し屋としての稼業を行ってきた者を、猫丸は目撃した事があった。

だが、腕が顕になっただけで、地球が滅びるという兵器を。そんな、核すらも優に超えてしまうような超兵器が開発された話など聞いた事も……――

（――いや待て。あった。確かそんな噂を聞いた事がある！）

それは、一人の殺し屋の手によって創造された。

殺しの他に研究職を生業とするその男は、人智を超えた兵器を幾つも開発し、その中には紅音が話した内容と同様のものが存在していた。

（そうだ。確かあのマッドの発明品の中に……）

なんとか思い出そうと、猫丸が必死に記憶を探っている頃。紅音達の間でも続きの遣り取りが行われていた。

「それで？　その右腕に秘められた能力とやらの名前は何なんです？」

「な、名前……？　えー……っと……――」

（奴の右腕に眠っているといわれるモノ……。地球をも破壊してしまう程の、絶大なる威力が秘められているという超兵器……。確か名は――）

即興でその名を付けようとする紅音と、即時にその名を思い出そうとする猫丸。

それは何の因果か。はたまた運命の悪戯とでも言うべきか。

出逢いから生まれた、細く今にも切れてしまいそうな一本の糸。

それは数時間掛けて幾重にも重なり合い、絡まり、紡がれていき。

そして今この瞬間を以て、強靭かつ決して解かれる事のないような……、

「終焉の光」

「スーパーノヴァ」


一本の紐として完成されてしまった。

「なっ……、そんなっ……バカな…………」

それは偶然以外の何ものでもなかった。

聞こえてきたその名称に愕然とする猫丸。衝撃的過ぎるあまり、自身の口角が無意識に吊り上がる。

緊張が震えに、震えが顔に移った事により、表情を保てなくなったからだ。

「まさか本当に、本当にあの女が……！」


——一方その頃、黒木邸では。

「寅彦様、あの……確認してもよろしいでしょうか？」

「んー？　なんだ？」

猫丸が担当する予定だった依頼を解決すべく、総動員で家の者が動き回る中。自室で一人、威厳も覇気も全て脱ぎ捨て、暢気（のんき）に横になりながらテレビを観（み）ていた寅彦に豹真が尋ねる。

「その、本当に紅竜（レッドドラゴン）は彩鳳高校に居るのですか？」

それは、本来であれば豹真の口から出る筈のない質問。猫丸自身も父から直接口外を禁じられた極秘情報。当然、猫丸も昨日からこの件については誰にも口にしていない。

すると、寅彦はその問い掛けに対し、

「あ？　居る訳ねェだろんなモン」


即答で否定した。それも鼻をほじりながら。

「だってこうでもしねェと見れねェだろ？　ネコが高校生活を送ってる様子をよ」

「それはそうですが……、まさか本当に実行するとは。どうして急にこんな事を？」

「いやな？　少し前に学園ラブコメモノのアニメを五つ程一気観してな。思いの外面白かったんで、アイツがそういう甘酸っぱい青春を送ってるところも、折角（せっかく）だし観てみてーなーと」

　ケラケラと笑って返答する寅彦に、豹真はハアーッと深いため息を吐く。

　そう、全ては寅彦の策略である。

「その我が儘(わがまま)に我々執事や若手の者も付き合わされているのですが……」

「いいじゃねェかよ別に。お前は見たくねェのかよ、豹真？　ネコが彼女連れて一緒に歩いてる姿とかさ」

「見たいに決まってるじゃないですか。むしろ帰ってきた後、徹底的にイジリ倒してやりたいくらいです」

　サラッと下衆(げす)な事を告げる豹真。そう、彼らも共犯であった。

　猫丸は『紅竜(レッドドラゴン)が彩鳳高校に居る』という極秘情報を寅彦(ちちおや)のみと共有し、他の者には伝えられていない――と思い込んでいた。

　しかし実際は、猫丸のみが誤情報を伝えられ、それ以外の者達が共謀し、寅彦の我が儘に全面的に協力していたのである。

　寅彦の真意・悪意に、猫丸は気付いていなかったのだ。

「でも大丈夫でしょうか？　その、万が一ですよ。万が一、紅竜(レッドドラゴン)を自称する者が居て、それを本物だと勘違いしてしまったりとか……」

「ぷっハハハハハハ！　豹真！　おん前面白(めえおもしれ)ェ冗談(こと)言うようになったな！　んな奴居る

訳ねェだろ！　有り得ねェって！」

豹真が一抹の不安を零すも、寅彦は豪快な笑い声を上げながら一蹴する。

その勢いに釣られ、豹真も馬鹿馬鹿しい事を訊いてしまったと思い。

「そ、そうですよね。流石に飛躍し過ぎてますもんね」

「そうそう。それよりお前もどうよ一緒に？　これ俺のオススメなんだけどさ、ヤベーぞ。ヒロインマジ超カワ」

「アニメ観てる暇なんかありませんよ。こっちは貴方の我が儘のせいで忙しいんですから」

そう、居る筈がない。偶々最強の殺し屋の名を自称し、勘違いで猫丸に標的として狙われる者など、居る筈がないのだ――


「――間違いない……！　あの女こそが紅竜。伝説と謳われし最強の殺し屋!!」

豹真の不安はこれ以上ないくらいにドンピシャで嵌まっていた。

(成程な。奴が最強と言われている理由がよく分かった)

周辺を巨大な炎で包み込む左腕と、地球をも破壊する右腕。

それこそが彼奴を最強たらしめる所以。

「これが異次元との戦いか……」

見当違いも甚だしい考察。

無論、紅音は最強の殺し屋などではない。

その実態は少し頭がファンタジーに染まっているだけの、どこにでも居る普通の女子高生である。

しかしそれでも、猫丸はその真実に気付かない。

ただの偶然と妄言が結び付いただけで、何の正しさも持たない推察が彼の判断能力を蝕(むしば)んだ。

落としたナイフをもう一度握ろうとするが、敵の強大さのスケールを前に全く力が入らなくなっていた。

「臆病者……か。確かにそうかもしれないな」

一限目のメッセージが脳内に蘇(よみがえ)り、自身の現状に当て嵌まっている事を痛感する。

もしかすると、紅竜(ヤツ)は猫丸(じぶん)がこうなることが視(み)えていたのだろう。

今の猫丸には、紅音を殺すイメージが全く浮かばなくなっていた。

戦わずして力の差を見せ付けられてしまった今、敵ながら天晴(あっぱ)れと敬服するしかなかった。

これまで常時頭を働かせていたのが廻(まわ)ってきたか。猫丸は疲弊し、力無いまま広く真っ青な天を仰ぐ。

同じ頃、終始猫丸の存在に気付かなかった紅音は、眼鏡少女と共にシートを畳み、空の

弁当箱を手に持って、

「さてと、お腹も膨れましたし、午後も張り切っていきましょう」

「エネルギー充塡率120パーセント！　今私の中で満ちたやる気が業火となり、激しく燃え盛っているぞ！」

「ハイハイ、燃え尽きちゃって、授業中寝ないようにしてくださいね」

笑顔で元気一杯に叫びながら、そのまま屋上を後にした。

一人残された猫丸。疲労はそのまま重しとなり、鉛の様な体でゆっくりと立ち上がる。

半ば放心状態の様子であったが、その面持ちはすっかり気の抜けたものかと問われれば、違っていた。

「ククク……」

笑っている。

肩を震わせ、三日月の様に口の両端を吊り上げながら、逸る気持ちを抑える様に、猫丸は小さく笑っていた。

「まさか俺が、こうも容易く敵に踊らされる時が来るとはな。なるほど、確かにコレは危険だ。危険だが――面白い。面白いぞ、竜姫紅音！　いや、紅竜!!」

標的が居なくなったと分かるなり、その名を堂々と叫び上げる。

猫丸の戦意はまだ消失していなかったのだ。

初めて自分が、心の底から負けたと思える人間。

長らく隠し続けていた姿をようやく現してきた、高く聳(そび)え立(た)つ巨大な目標。

ようやく逢(あ)えた最強の姿を思い返し、猫丸は恐怖と興奮の入り混じった感情を胸に仕舞(しま)った。

そして、そこには居ない筈の好敵手に向かって、獲物を前にした猫の様に睨(にら)み付(つ)けると、

「その首、必ずこの黒猫(ブラックキャット)が喰(く)らってやろう」

固く結ばれた意思の中で、そう宣言した。

あらぬ激動から繰り広げられし、猫と竜の物語。

この二人を繋(つな)ぐ救いようのない勘違いは、まだ始まったばかり——

✝幕間▲竜の想い✝

——放課後。

朱色の太陽が徐々に徐々にと地平線の彼方へ消えていき、教室に射す微かな陽光が優しくその二人を包み込む。

「ハア～……びっくりした。まさか転校生が同志だったとはな～……」

溌剌とした顔で今日あった出来事を振り返っていたのは、右腕に巻き付けた包帯とハーフツインが特徴的な中二病の少女——紅音だった。

「フフフ、良かったですね紅音」

「うん！　まだ心臓がバクバクいってる……。これがまた明日も続くって思うと、なんだか凄く楽しみ！」

心の底から嬉しそうにする紅音を見て、コマコマという愛称で呼ばれているその少女も一緒に笑顔を浮かべる。

（私と居る時だけはちょっとだけ素を出してくれるんですよね～。まあ、そこが可愛いいん

ですが）

少女がクスクスと笑う中、紅音は自身の席の隣を見て、感慨深そうにその机を指でなぞる。

「黒木（くろき）君……か。あんな面白そうな人がやってくるなんて……えへへ——」

——それは、遡る事およそ9時間前。

朝のホームルームでの出来事だった。

『黒木猫丸（ねこまる）だ。先に警告しておくが、死にたくない者は俺に近付くな。以上』

（!!!!）

体中に電気が迸（ほとばし）ったような衝撃だった。

開口一番、こちらの眼を覚ます自己紹介。周囲のざわめきや視線に動じない姿勢・胆力。そして何よりも、その者の瞳には闇が潜んでいるように見えた。見詰めれば一瞬にしてこちらを飲み込まんとする、深い闇が。

この瞬間、竜姫（たつき）紅音は直感する。

（間違いない……この男——私と同じ世界の人間だ!!）

そこから先はほとんど反射だった。

『我が名は竜姫紅音！　待っていたぞ！　私と同じ、闇を生きる者よ！』

この自己紹介も。この接触も。この感情も。

（どうしよう……、まさかこんな所で巡り合えるなんて！）

全ては自分の本能が示すままに——


「——コマコマ。私、決めた」

「……？　何をです、紅音？」

もうすぐ今日が終わる。そして明日になれば、また彼と逢える。

今度はもっと話し掛けてみよう。積極的にいってみよう。

そんな熱い想いを胸に抱き。

大切な親友と、ここには居ない彼と、そして明日の自分に向かって、

「私、黒木君と——ブラックキャットと友達になりたい‼」

高らかに、そう宣言した。

✝第二章▲その時、猫は竜の首を狙った✝

初めての高校生活、二日目。

時刻は午前8時30分。朝のホームルーム前。

教室の窓から差し込んでくる暖かな陽光。外から時折聞こえてくる小鳥達の合唱。

そして同じ空間で過ごす同級生達が、スマホを弄り、友人同士で会話に興じたりと、各々で限られた時間を優雅に過ごす中。

「ハァァ〜〜〜〜〜〜〜……………」

その端で一人ポツリと着席していた猫丸は、人知れぬ悩みに頭を抱えながら、重く、深く、長いため息を吐いていた。

「親父め……、一体どういうつもりだ？」

その場に居ない父に向け、猫丸は小さく愚痴を零す。

昨晩、潜入先の彩鳳高校で標的の紅竜を発見した事。紅竜は女性で、しかも自分と同じクラスの生徒だった事。紅竜の両腕には途轍もない兵器が内蔵されている事を、猫丸は寅彦に嬉々として報告した。

　しかし、何故か寅彦からは『フーン、そーなんだー』という、中身がスカスカな如何にも興味ゼロの反応が返ってきた。

『なさげ』とかもうそういうレベルのモノではない。確信的と言ってもいい程に、完全にゼロの反応だった。

　まるで、最初からそこに紅竜が居ないと分かっていたかのように……。

「せっかく値千金の情報を摑んできたというのに……。何だこの、この上ない徒労感は？」

　しかも腹立たしい事に、『んなどうでもいい事より、初めての高校はどうだった？』『楽しかったか？』『友達は出来たか？』『可愛い娘は居たか？』など、こっちが心底どうでもいいと思うような事を次々と質問攻めしてきたのだ。

『楽しかったか？』と訊かれても、こっちはそちらの寄越した仕事に全力を注がなければならないのだから、楽しんでいる余裕など無い。

　寅彦もそれが分かっている筈なのに、何故あんな事を訊いてきたのか。

「ふざけやがって……。楽しむとか、そんな事の為に高校に来たんじゃないんだぞ」

　頰杖をつき、このやるせない気持ちを何処か遠くに解き放つように、窓の外を眺めていた——その時だった。

「ああ、忌まわしき太陽が今日もまた昇ってしまった……」

扉の開閉音と共に、悩みの種が教室に現れる。

突然の大声に、思わずビクッとしてしまう猫丸とクラスメイト達。先程まで賑(にぎ)やかだった教室が一瞬にして静寂に包まれる。

(来たか……)

流れるように視線を外から音源の方へ移すと、そこにはやはり彼女が居た。

(竜姫紅音(たつきあかね)……いや、紅竜(レッドドラゴン)!)

「く、黒木(くろき)君!? 早っ、もう来て……――ハッ! コ、コホン! まさか先に辿(たど)り着いていたとは。その猟豹(りょうひょう)の如き迅速さ、敬服に値するぞブラックキャットよ!」

「褒めてもらえるのは光栄だが、いい加減その名で呼ぶのは止(や)めろ。ここは俺達の居た世界とは違うんだぞ」

眼が合うなり、紅音はゆっくりと猫丸の許(もと)へと近付いていく。

早速期待以上の返答がきた事に、再び体の内から込み上がる悦(よろこ)びを感じると。

「フッ、相も変わらず素っ気ない奴め。しかし、それでこそ我が同志、晦冥(かいめい)を震撼(しんかん)せし処刑人というもの……」

「また訳の分からん事を……」

(あ――殺したい……)

目線を逸(そ)らし、紅(あか)く染まった頬(ほお)が緩むのを必死に抑えようとする紅音と、苛立(いらだ)ちが募る毎に眼光が鋭くなる猫丸。

　その何とも異様でありながらも謎の一体感が発生している光景に、周囲の者らが困惑を顕にしていく中。

「クスッ。早速動いてますね、紅音」

　優しさと慈愛に満ち溢れた穏やかな声と共に、扉を開けて現れた一人の少女が二人の間に入っていく。

「まったくもう、勝手に一人で走り出さないでくださいよ」

「あっ、ごめ……じゃなかった。済まなかったなコマコマ」

(この女、確か昨日も紅竜と一緒に居た……)

　見覚えのある少女が紅音と親し気に話している。

　キラリと輝く丸い眼鏡に、季節外れの雪を思わせるような色白の肌。

　余裕で背中を覆い尽くす程はあろう長い髪は、丁寧な三つ編みに纏められ、左肩から前へと垂らされている。

　そして、きちんとボタンの留められた制服の下には、明らかに同世代のそれよりも発育の目立った、神々しい双丘が。

「黒木さん、おはようございます」

「あ、ああ、おはよう。えっと……」

「あっ、すみません。自己紹介がまだでしたね」

突然話し掛けられ、どう返答すればよいか困る猫丸。

それに気付き、思い出したとばかりに少女は両手を叩いた後、

「咬狛九十九です。紅音からは、よくコマコマというあだ名で呼ばれています。どうぞよろしくお願いします」

右手を前に差し出し、微笑みながら自身の名を告げた。

目の前に出されたその右手に、猫丸は一度視線を移した後。

その数秒後、真似するように今度は自分の右手を前に出し、

「黒木猫丸だ。こちらこそ、よろしく頼む」

互いの掌を重ね、優しく握り合った。

「むうー……」

二人の固い握手を前に、膨れっ面の少女が一人。

「ちょいちょい」と誘うように紅音が九十九の左袖を引っ張ると、そのまま猫丸から引き剝がすように自身の許へと運んでいく。

「どうしましたか、紅音？」

「コマコマよ、貴様……抜け駆けとはズルいぞ」

「ぬ、抜け駆け？」

突然謎の言い掛かりをつけられ、首を傾げてしまう九十九。

不満気な表情を見せる紅音は、尚も小声で続けて。

「私が昨日告げた事をもう忘れたというのか？」

「黒木さんともっと仲良くなりたい、ですよね？」

「うっ！　そ、その通り……。だからその、私より先に睦み合おうとするのは……」

「ただ自己紹介しただけですよ？」

「でも！　黒……じゃなくて、ブラックキャットと盟友の誓いを結んでいたではないか！」

（盟友の誓い……？）

謂れのない文句をぶつけられ、九十九は頭を悩ませる。

暫く考えた後、ポンッと軽く手を叩いて。

「ああ、握手の事ですね。紅音ってば、ひょっとして妬いてるんですか？」

「ば、馬鹿な事を言うな！　この世の頂点に君臨し、闇の世界を生きるこの私が嫉妬などするものか！」

ドキッとするや否や、紅音は顔を真っ赤にしたまま声を荒らげて否定する。

どうやら図星だったようで、九十九は「ふ〜〜〜ん」とニヤニヤとした顔を浮かべ、親友にそれを気付かれぬよう手で口元を隠しながら反応を面白がった。

（何をコソコソと話してるんだ？）

突然一人置き去りにされ、自分の事について話していると知らない猫丸が二人の遣り取りに聞き耳を立てようと試みる。

すると、紅音はすぐさま猫丸の方へと振り向き、早い足取りで接近していった。

突如近寄ってきた紅音に、猫丸は咄嗟に身構えると。

「——なんだその手は……？」

「なに、他意はない。いいから貴殿も手を差し出すのだ！」

唐突に出された右手と要求に疑問を抱いた。

（きっと握手をしたいのだろう）そう気付いた九十九は、後ろから紅音の背中を見守る。

事実、その通りであった。

気持ちを言葉に表せないが、紅音の要求は確かに猫丸との握手。彼女で言うところの『盟友の誓い』であった。が……、

（他意はないだと？　そんな筈があるか。コイツの事だ、必ず何か企みがあるに違いない！）

悲しい事に、その願いは猫丸に届かなかった。

猫丸にとって、紅音とは最も警戒すべき危険人物であり、過去に対峙してきた者の中で

ならない対象。

　加えて、猫丸の前に差し出された包帯だらけの右手は、彼から見て最も注意しなければならない対象。

　むしろ、猫丸がその右手を取らない理由が数多あるのに対し、手を取る理由などこれっぽっちも無かった。

「断る……と言ったら？」

　いつでも武器を取り出せるよう、厳戒態勢を取る猫丸。

「フッ、答えるまでもなかろう？」

　一方で、問い掛けを受けるなり、薄笑いを浮かべて返す紅音。

　しかし、その内心では……。

（あ、あれっ？　なんで？　なんで手を出してくれないの⁉　私、何か変な事したかなぁ……？）

（やはり何か狙いが！　ダメだ、この手を取れば間違いなく俺の身に何かが降りかかる！　しかし、取らないなら取らないでこの女が一体何を仕出かすか……）

　まさか拒否されるとは思わず、紅音は大きなショックを受けてしまっていた。

　同時に、どちらの選択を取っても破滅しか待っていない事を悟り、猫丸も迷いを重ねてしまう。

その掛け合いを最後、進展する様子が全く見えなくなった二人を見兼ね、紅音の背後で待機していた九十九が動こうと……。

「あの、お二人共ー、どうかしまし──」

「おーしお前らー、席に着けー」

……した矢先、学校のチャイムが無慈悲に鳴り響き、担任の教師が現れると共に朝のホームルームの開始を伝えた。

結局、紅音の『盟友の誓いを結びたい』という願いはお預けという形で終わった。

◇

朝のホームルームが終了し、教科書の用意や授業前のトイレなど、クラスメイト達それぞれが一限に向けて準備をしていく中。

大きく口を開け「ふあ〜〜〜」と波打つような欠伸(あくび)をする紅音に、前の座席に座る九十九が訊(たず)ねる。

「眠たそうですね、紅音」

「む？　ああ、実は昨夜、異界の者らと会合をしていてな。半刻程交信を続けていたが故に、どうにも我が眠りを犠牲にする他なく……」

「あ〜、成程」

（また深夜アニメのリアタイ視聴ですか。別に配信サイトで後から幾らでも観られるのに）

涙を拭うように眼を擦りながら答える紅音に、眼鏡少女は「まったく」とため息交じりに呟く。

その頃、近くでその遣り取りを耳にしていた猫丸は、

（会合？　交信？　まさかコイツ、外部と何かしらの連絡を取っているとでもいうのか？

まさか、あの紅竜にも仲間が……!?）

またしても紅音の言葉を深読みし、勘違いを深めてしまっていた。


一限開始のチャイムが校内に響き渡り、それと同時に教科担任がやってくる。

教室に入ってきたのは、猫丸達の担任でもある女性の教師だった。

授業が開始し、教師の板書と同時に生徒が一斉にノートをとり始める。

（フリだけでもしておくか）

猫丸も一緒に教科書とノートを開くが、その視線の先は黒板ではなく、左隣のクラスメイトに向けられていた。

（奴の席が左側にあった事だけは幸運だったな）

この時間は勉強ではなく監視。すぐ横に座る標的の動きを観察する為の1時間だ。

「ふあ〜〜〜……――ハッ！　いけないいけない、危うく堕ちるところだった」

（今日は一段とアホ面だな。やはり昨夜の会合とやらが影響しているのか……）

少しでも眠気を覚まそうと頬を叩く紅音を、猫丸は横目で見続ける。

その視界には、標的の顔と一緒に白い包帯で覆われた右腕が映っていた。

（俺は紅竜の両腕に、あんな途轍もない兵器が眠っているとは知らなかった。だがそれでも、紅竜の存在と伝説は知っていた）

この裏社会で、一体どれだけの人間があの両腕の正体を認識しているのだろう。

猫丸はあの両腕に秘められているモノを知った時、それこそが紅竜を最強たらしめているのだと思った。

だが、その存在を知る前から自分は奴の掌の上で踊らされ、出逢って早々に奴の恐ろしさを思い知らされた。

もしかすると、あの両腕にある兵器の有無にかかわらず、紅竜は最強と呼ばれるようになったのではないか。

（実際、俺自身奴に出逢うまであんな超兵器を所有しているとは知らなかった）

もし、『クリムゾンインフェルノ』とやらと『スーパーノヴァ』無しで最強という看板を背負うようになったのなら、今狙っている伝説の壁は自分や他の殺し屋が想像するよりも遥かに厚く、高いモノへと昇華するだろう。

（そうなると、もう絶望的だな……）

この二日間、嫌な想像ばかりしてしまう。

最悪を想定するのが殺し屋の仕事であり常識だが、そればかりだと気が滅入(めい)ってしょうがない。

家の者にはまた苦労を掛ける事になるが、この仕事(殺し)が終わったら暫く休みでも貰(もら)おうか。

「紅音、ちゃんと起きてますか？」

「む、無論だ！　この私が睡魔ごときに屈服するとでも？」

（もう見慣れちゃってるんですが……）

「ハイそこー、静かにー」

始まって僅か五分。早速うとうとしだす紅音に九十九が定期的に意識の確認を図る。

紅音も声を掛けられる度に瞼(まぶた)を開けるがすぐに眼(め)が虚(うつ)ろになり、コクコクと頭を揺らしてしまう。

当然、隣で観察を続ける猫丸も、紅音の挙動の不安定さに気付いており。

そしてとうとう、

「ん……、んん～…………――スー……」

（ね、寝た!?）

紅音の意識は限界を迎え、机に突っ伏したまま動かなくなってしまった。

微かに漏れる寝息が主の眠りを伝える。

（暢気な奴め……。俺に狙われてると分かっていながら、こんなデカデカと隙を晒すとは……）

その無防備極まりない姿に驚きを通り越し、最早呆れてしまう猫丸。

（待てよ？）

ここで、猫丸はハッとする。

標的のあまりな不用心さに呆気にとられてしまったが、これは……。

（これは……千載一遇のチャンスなのでは!?）

◇

ずっと緊張を隠せなかった。

最強の殺し屋と謳われている標的が隣に座り、初日の敗北が常に頭を過り、なんとか隙を探ろうとするも、その異常としか思えない言動・立ち居振る舞いがこちらの判断を悉く揺さぶり、いつ動けばいいのか全く正解が見当たらなかった。

しかし遂に、隙としか思えない瞬間を捉える事が出来た。

（馬鹿め！　俺が何もしてこないと侮ったな！）

絶好のチャンスを目の前に、思わず頬が緩んでしまう。

落ち着け、冷静になれ。ここでチャンスを不意にしない為にも、慌てず状況を整理しろ。

今標的は眠りについている。だがここには咬狛九十九をはじめとする三十八人の他の生徒と教師が授業を行っている為、ただ殺せばいいという話ではない。

彼らに気付かれる事なく、紅竜を確実に殺さなくては。

（一旦全員気絶させる手もあるにはあるが、それはあくまでも最終手段……）

無関係な一般人に危害を加える行為は、原則として禁じられている。

そう、たとえ相手があの伝説の殺し屋だとしても、そのルールに則るのがプロというものだ。

（さて、どうするか）

一旦、自分の装備品を確認し、殺せる武器の中で何がこの場で最適かを選択する。

とりあえず、今制服の下に身に着けているものから挙げてみるとしよう。

まずはナイフだ。

最も扱いに長け、これで殺せない者は存在しない。ただしどうしても返り血が目立ってしまい、教室が汚れるのは勿論、この場に居る者達からの注目は避けられない――没。

次に銃。

殺傷能力はナイフのそれを遥かに超え、この距離からなら外す事もまず無いだろう。だがそれ故に、弾が紅竜(レッドドラゴン)を貫通し、奥の窓ガラスにも着弾してしまう恐れがある。加えて、返り血のリスクはおろか、銃声が隣の教室まで響いてしまう可能性も高い——没。

続いてワイヤー。

主な使用用途は罠(トラップ)や移動だが、絞殺に用いる事も可能。絞殺……、どう考えても先に挙げた二つより時間が掛かり、他者に気付かれやすく、絞めている間に紅竜(ターゲット)が目を覚まし、反撃を受ける危険性が高い——没。

鞄(かばん)には何が入っていたか。

毒薬。

即効性のモノから遅効性のモノ、錠剤から粉末状のモノまで幅広く揃(そろ)えており、服用させればその時点でこの仕事は達成される。服用……、どうやって？　いずれも口に入れさせなければいけないモノ。それをどうやって二の腕という防壁に囲われ、顔と机が接着している紅竜(ターゲット)の口に運べばいい？　そもそも反応が現れた瞬間に目が覚め、咄嗟(とっさ)に左右どちらかの腕が解放されればゲームオーバーだ——没。

あとは手榴弾(しゅりゅうだん)やプラスチック爆弾。

……——論外。

（クソッ！　ダメだ、完全に手詰まりじゃないか！）

一向に解決策が見付からず、思い付く限りの手段を封じられ、猫丸は人知れず絶望してしまう。

ただ殺すだけなら問題ない。問題なのは、教室という空間的制約と授業という時間的制約だ。

この二つが大きな障害となり、猫丸の行く手を悉く阻んでいた。

否(いな)、それだけではない。

紅竜(レッドドラゴン)という規格外の存在そのものが、選択肢を更に狭めていったのだ。

教室・授業という特殊な条件を巧みに利用し、そこに脅威溢(あふ)れる自身の存在感を掛ける事でこちらの動きを完璧に封じるとは……。

(成程……。流石(さすが)は紅竜(レッドドラゴン)と言うべきか)

またしても自分は敗北してしまうのか……。

目の前に眠った獲物が転がっているというのに、手を出す事すら叶(かな)わない現状に猫丸は打(う)ち拉(ひし)がれていた——その時。

(ん？　手を……出す？)

一瞬、猫丸の中で何かが閃(ひらめ)いた。

これまでに潰されていった選択肢を踏まえた上で、新しい道を切り開く。

(手……いや、手刀！)

手刀。

父であり師でもある寅彦によって鍛えられ、銃弾の飛び交う幾多の戦場を渡る事で磨かれていったその肉体は、常人のそれを遥かに凌駕するモノへと仕上がっていた。

その肉体から放たれる手刀は、容易に鉄骨を屈曲させる程。

更に、紅音は今両腕を枕のようにし、その上に頭を置いた状態で眠っている。

つまり、首ががら空きなのだ。

頸神経を砕く事で、その人間は失神し即座に死に至る。

首を刎ねる訳じゃないのだから当然出血はせず、一撃かつ一瞬で終わらせてしまえば周囲に気付かれる事もない。

(コレだ!!)

自分の右手を見た後、猫丸は紅音の方を一瞥する。

そこには、裏社会中にその名を轟かせている殺し屋とはとても思えないような、幼気で可愛らしい寝顔があった。

改めて見ると、本当にコレがあの紅竜なのか疑わしくなってしまう。

(いや、何を考えてるんだ俺は。昨日の事をもう忘れたのか!)

惑うな。惑わされるな。隣に座るのはどこにでも居るような普通の少女ではなく、その気になれば地球すら粉々に出来てしまう最強の殺し屋!

ここで躊躇えば、この先この女を殺す事など不可能!

「ん～～……」

すぐ横から唸(うな)り声(ごえ)が聞こえてくる。

眠りが浅い証拠だろう。モタモタしていられない。

こんな女の細首程度、一瞬で砕き折ってやる。

全身の力を右手に集中させ、手の甲に血管が浮き彫りとなる。

周囲を見渡し、教師がチョークを片手に黒板と向かい合い、クラスメイト全員がその背中、もしくはノートとにらめっこしている姿を確認する。

タイミングは今しかない。

猫丸はゆっくりと椅子から尻を離し、音を立てず紅音に接近を試みる。

その滑らかなうなじに、刃の潰れた死神の鎌がゆっくりと迫る。

「フフ……フフフフ」

楽しい夢でも見ているのか、紅音の寝顔は次第に笑顔へと変わっていった。

それに対し、殺気の込められた瞳でその姿を見据える猫丸は、冷静に、冷徹に、そして冷酷に。

鋼の如き硬度を持つ、その肉の刃を静かに振(ふ)り翳(かざ)すと、

(これで終わりだ、紅竜(レッドドラゴン)。お前はここで永遠に眠れ!!)

机という断頭台に置かれた首に向かって、力いっぱいその刃を振り下ろした――その時

だった。

「ブラック……キャットォ……」

「!!!!」

小さな口から囁かれる、一つの名前。

空気を切り裂くその右手は、勢い余ってあわや紅音の首を刎ね飛ばすところで静止した。

もし、隣で美少女が眠っていて、突然自分の名前を囁いてきたらどうなるだろう。

一般的な年頃の少年ならば、思わずドキッとしてしまい、顔を赤らめてしまうのかもしれない。

きっとそれが正常というものだ。

しかし、猫丸は違った。

その顔色は一般のそれとは正に対極。

文字通り血の気が引いた猫丸の顔は、今にも死に倒れてしまう程に真っっっ青なモノへと変わっていた。

ドキッとするまでは良かった。そこまでは同じだった。

だが意味が決定的に違っていた。

純情な青少年が抱くようなトキメキを意味するドキッではなく、恐怖や命の危機を意味するドキッ。

寝言とはいえ、突然名前（コードネーム）を呼ばれた事に、彼の頭の中で大きなパニックが起こっていた。

（まさか……気付かれたのか⁉）

否、そうではない。

紅音の囁きはただの寝言であり、彼女は未だ（いま）微睡み（まどろみ）の中に居る。

無論猫丸も分かっている。今のはただの寝言であり、もう一度手刀を決めようとすれば、今度こそ必ずその命を狩り獲れる（とれる）。

理解はしているのだ。それでも、あの刹那の一言が頭を過り、「もしかしたら」という不安を築き、膨張させる。

「ンフフフフ、そうだ……共にこの世界を滅しようではないか……」

（何を狼狽えて（うろたえて）いる……。早く！　早く腕を振り上げろ！）

依然として楽しそうな寝顔で寝言を呟く（つぶやく）紅音と、体が硬直し、完全にそこから動けなくなってしまう猫丸。

教室の隅で何とも言えぬ膠着（こうちゃく）状態が続く中、

「ん？　どうした黒木、急に竜姫と密着しちゃって」

「……ハッ！　あっいえ、その……」

離席に気付いた教師が、一人固まっていた猫丸に尋ねた。

いつの間にか、クラス中の視線も自分に集まっている。

なんとか誤魔化（ごまか）そうと、額の汗を拭い、心臓の鼓動が収まるのを待ってから、

「た、竜姫が居眠りしていたので、起こしてあげようと思い……！」

落ち着いて取り繕った言い訳を述べる。

「おーい竜姫ー、いい加減起きろー」

「んがっ!?　――あ、あれ、私は今、魔と人が織り成す大乱の世に居た筈（はず）……」

「一体どんな夢見てたんだお前は？」

教師からの呼び声でようやく目覚めるや否や、紅音は咄嗟に夢の中での出来事（エピソード）を物語った。

朦朧（もうろう）とする意識の中、口元のよだれを急いで拭き取る紅音。

猫丸も標的（ターゲット）が目を覚ました為（ため）、即時に席へと戻る。

（クソッ、また俺は……）

誰にも気付かれぬまま事無きを得たのは良かったが、昨日に引き続き暗殺が失敗に終わってしまった事を人知れず嘆く猫丸。

すると、

「まだまだな……」

起き上がった直後、紅音が眼を擦りながらため息交じりにそう呟く。

（まさかこの私が睡魔に敗れるなんて……。まだまだ自制心が足りないようね）

それは、授業中に眠ってしまった自分への叱責。

愚かな自分に向けての戒めの一言。

それを聞いた猫丸は、

（まだまだ……？　まさか、わざわざ隙を晒してやったというのに、無駄で終わらせてしまう俺に『まだまだ』と言いたいのかこの女は……！）

何も出来ぬまま臆した猫丸への失望と解釈し、更に勘違いを悪化させていた。

（クソッ！　クソッ！　クソッ!!　これだけ譲歩されておきながら、傷一つ負わせられないなど……。殺し屋失格だ！）

（次からは気を付けないと。それにしても、さっきは良い夢だったな〜）

✝幕間▲竜の恥じらい✝

同日、昼休み。

いつもの如く屋上に足を運んでいた紅音と九十九。

澄み切った青空の下、シートの敷かれた床に身を置き、二人で仲良く昼食を摂り始める。

「どうしたんです、紅音。二限目から……というか、一限目が終わってからずっと静かですが」

珍しく親友が大人しくしている。異常な光景だ。

屋上に着いた時も、いつもの口上に声の張りが無かったし。

その見慣れぬ姿に気になった九十九は、先程から弁当箱に入ったおかずをちびちびと摘んでいる紅音に訊ねてみた。

「気にしないで……。ちょっと落ち込んでるだけだから……」

「授業中に眠っちゃった事ですか？　別に今に始まった事じゃないでしょう。紅音は常習犯なんですし」

さり気なく胸に痛く刺さる事を告げる九十九。

「うぐっ……。まあ、それはそうなんだけど……」

精神的ダメージを負い、声のトーンが徐々に落ちていく紅音。

（居眠りは多分そこまで関係ない。きっと何か他に理由が……）

珍しく親友が落ち込んでいる。一体何が原因なのか。

九十九は一旦箸を止め、何が紅音を煩わせているのか考える。

豊満な胸を支えるように腕を組み、じっと眼を瞑りながら考えに考え、思考を巡らせてみること約十秒。

「そういえば、紅音を起こしたのは黒木さんでしたね」

ポツリと呟いた一言に、ピクッと紅音が反応する。

「起こしたって事は、紅音が寝ていた事に気付いたって事ですよね」

「コ、コマコマ……？」

淡々と語り始める九十九に、紅音が待ったを掛けようと……。

「寝ていた事に気付いたって事は、つまり紅音の寝ている姿を見てたって事で。寝ているかどうかを判断するには、寝顔を確認するのが一番な訳で……」

「コマコマ！」

……試みたが、激昂する事で、無理矢理九十九の考察を封じた。

「おや？　どうかしましたか、紅音？」

突然叫んできたかと思えば、顔を真っ赤にしてこちらを睨(にら)んでくる紅音。

まさかと思い、九十九は問い掛けてみると。

「もしかして、寝顔を見られたのが恥ずかしいんです？」

「!!」

紅音が分かりやすく動揺する。

どうやら当たりらしい。素直な反応に、思わず九十九も吹き出してしまう。

「な、なに笑っているの！」

「いいえ〜、ただ可愛(かわい)いな〜と思いまして」

「よ、余計なお世話なんだけど!!」

湧き上がる恥ずかしさと怒りで、紅音の顔面はリンゴも顔負けな程に真紅に染め上がる。

このままからかい続けるのも面白いが、そろそろ止めないと二度と口を利いてくれない恐れがあるので、軌道修正に入る。

「いいじゃないですか、寝顔くらい。別に減るモノでもないですし」

「全っ然よくない！　あんなみっともない、あられもない姿を、よりにもよって黒木……じゃない、ブラックキャットに見られるなんて……」

「よだれも出ちゃってましたしね」

「ふああああああ……。もーやだぁ……」

悶えに悶え、紅音は両手で顔を押さえながら、シートからはみ出す勢いでのたうち回った。

どうやら、気になる人に無防備の象徴ともいえる寝顔を見られたくないという、乙女な部分は確かに存在するらしい。

（紅音とは長い付き合いですが、こんな一面もあったとは……）

意外な事実に驚愕しつつも、九十九は紅音に落ち着きを取り戻すよう呼び掛けて。

「とりあえず、これを機に居眠りは卒業しましょう。あと、ちゃんと黒木さんにも『起こしてくれてありがとう』って言っておかないとダメですよ」

「うん……。でも大丈夫かな？　私のあんな姿を見て、失望しちゃったりしてないかな……？　『お前みたいなまともに授業も受けれん奴は一生寝てろ！』みたいな感じで、興味を失くしちゃってたら……」

「それは大丈夫だと思いますよ」

困り果てる紅音の問いに、九十九は即答で返す。

「少なくとも、その程度の事で紅音への興味が失くなる事は無いでしょう」

「……？　なんでそう言い切れるの？」

妙に確信を持ったような答えに、思わず紅音は再び訊いてみる。

すると、九十九はほんの一瞬、自分達以外誰も居ない筈の屋上のとある地点(ポイント)を。紅音の死角に位置し、微(かす)かな気配を感じるその一点を一瞥(いちべつ)し、クスッと笑った後。

「さあ？　何ででしょうね」

白(しら)を切るように呟(つぶや)き、そのまま紙パックに刺さったストローを咥(くわ)えた。

——五月下旬、夜雨が窓外から子守歌を奏で、燦々(さんさん)と煌(きら)めく月光を暗雲の幕が覆い隠す。

「——そうですか。……ハイ、ありがとうございました。では——」

屋敷の人間が続々と睡眠という名の休息を取っていく中、起動済みのパソコンを眼前に眉間に皺(しわ)を寄せ、キーボードを片手に操作しながら猫丸(ねこまる)はそっと通話を切る。

画面が黒くなったスマホを机に置くと猫丸は天井を仰ぎ、小さくため息を吐(つ)いた。

「やっぱり何も無し。まあ、そう簡単にいく筈(はず)もない……か」

彩鳳(さいこう)高校転入から一週間が経過し、ようやく学生らしさも板に付いてきた。

が、未(いま)だ紅竜(レッドドラゴン)暗殺の進捗は滞りの一途を辿(たど)ってばかり。

正直今のままでは、依頼達成の目処(めど)が立ちそうになかった。

そこで猫丸は一旦暗殺から離れ、その一歩手前のプロセスである情報収集に勤(いそ)しんでいた。

現時点で判明している姿や声、得物以外にも何か有益な情報が隠されているかもしれない。

そう思い至り、知り合いの情報屋を当たって紅竜に関する情報は無いか探ってみる事にした。勿論、任務の内容は伏せた上で。

しかし、一向に有力な情報が集まらない。

分かってはいた事だが、早速難航してしまうとは。

「仕方ない。ここからは、直接奴と関わっていくしかないか」

——翌日。

ホームルームを終え、いつもの如く授業の偽装用に教科書とノート、筆記用具を準備し、教師がやってくるのを黙って待つ猫丸。

その隣では、これまたいつもの如く標的とその友人が楽しそうに話している。

「見よコマコマ！　この妖しき艶麗な七色の架け橋を！」

「わ〜、綺麗な虹ですね」

(何故瞬時に虹だと連想出来るんだ……？)

未だこうして一定の距離を取り続け、離れた場所から会話を盗み聞きする事しか出来ないでいたが、いい加減奴への恐怖を克服する時が訪れたのかもしれない。

紅竜の情報が欲しい。でも情報屋を頼っても無駄。

ならば、その標的(ターゲット)から直接搾り出せばいい。

リスクは承知の上。それに見合うだけのメリットがある。

とはいえ、やはり会話などから聞き出すのは危険過ぎる。

何がデリケートな部分に触れるか分からない以上、もし何か気に障るような事を言ってしまえば、どうなるかは想像に難くない。

（せめて、直接コミュニケーションを必要とせず、情報を得られる手段があればいいが……）

最早(もはや)お馴染(なじ)みといってもいい程に、人知れぬところで頭を抱えてしまう猫丸。

そんな時だった――

「そういえば、ちゃんと宿題は終わりましたか？　昨日ラインでも教えましたが」

「フッ、心配無用。この私があの程度の易問如(ごと)きに屈するとでも？」

「おお、流石(さすが)は紅音(あかね)ですね」

（がっつり屈してたから、私に助力を求めてきたんですが……）

――二人の会話から気になる単語が突如として現れた。

（……ライン？）

聞き覚えのないワードが耳に入り、猫丸はすかさずスマホで調べ出す。

――ライン。

それは、日本で最もメジャーと言っても過言ではないメッセンジャーアプリの一つ。メールや通話は勿論、個人間だけに留まらずグループを作る事で複数人での遣り取りを同時進行で行え、更にはニュースなども閲覧出来るという――現代の新しいコミュニケーションツールである。

「文字だけでなく、画像や動画、スタンプなどを送り合う事も可能……。成程、これが今表社会で浸透している連絡手段か」

ついさっき知った事なので当たり前だが、これまで猫丸はラインというものを利用した事がなかった。

依頼主との遣り取りはメールだけで充分。寅彦や豹真をはじめとする家の者達との連絡も、メールに加えて電話や無線で事足りていた。

それ以外の通信手段など、これまで何一つ必要としてこなかったのである。

(まさか、あの女もこのラインとやらを?)

盗み聞いた内容から察するに、紅音も九十九とラインで遣り取りを重ねていたに違いない。

もしかすると、九十九以外の者との遣り取りも確認出来る可能性も。

紅竜のラインの情報を入手すれば、裏社会にも出回っていない新しい情報を摑めるかもしれない！

（よしっ、そうと分かれば早速……）

遂に悲願達成の光明を見出した猫丸。

居ても立ってもいられず、すぐさまその場から立ち上がると、スマホを片手に紅音の許へと近付いていって……。

「く、黒木さん？」

「ブラックキャットよ、貴様一体どこへ往くのだ！」

そのまま彼女達の側を通り過ぎ、教室の扉に手を掛けた。

それと同時に、一限開始のチャイムが席に戻るよう呼び掛ける。

が、それでも彼の足は止まらない。授業よりも遥かに重要な目的が待っているから。

そう、『紅音とラインＩＤを交換し、そこから距離を縮めていく事で情報を得る』ではなく、

（紅竜のラインをハッキングし、情報を吸い尽くしてやる！）

という、偉大な目的が。

（親密度も高くない状態で、いきなり連絡先を交換しようなどと要求すれば、警戒され、

ガードは堅くなり、今後一切近付くチャンスを得られなくなる可能性が高いからな）

リスクを最小限に抑えられるのならば、ハッキングが最善手だ。

扉を開けた瞬間、入れ違うように教師が入室する。

当然、その者も猫丸を呼び止めようとするが、

「おーし、授業始めんぞー……って、おい黒木？　もうチャイム鳴って……」

「すみません、体調が優れない為、保健室に向かいます」

その一言を残し、猫丸は教室を後にした。

一度屋敷に帰宅し、ノートパソコンを片手に高校に戻ってきた猫丸。

その足が向かう先は既に授業が行われている教室でも、退出直前に教師に行き先として告げた保健室でもなく……。

澄み渡る青空が天井となり、昨夜の雨で形成された水溜まりが無作為に分散している屋上であった。

「さてと、誰も居ないよな？」

辺りを見渡し、人っ子一人居ない事を確認すると、猫丸は丁度よく水溜まりの乾いたス

ペースに腰を下ろし、パソコンを起動させる。

それと同時に、ブレザーのポケットからスマホを取り出すと、すぐさま番号を入力し、画面を耳元に近付けて。

『ハイ、こちら豹(レパード)』

「俺だ豹真。少し頼みたい事があって電話したんだが、今時間空いてるか？」

『ね、猫丸様？　ハイ、別に問題ありませんが。その、大丈夫なのですか？　先程ご帰宅された時にもお訊(き)きしましたが、授業の方は……』

「問題ない。それ以上に重要な件だからな」

豹真が『はあ、分かりました』と電話越しに頷(うなず)く。

『それで、一体何用でしょうか？』

「豹真、お前って確かハッキングにも精通しているよな？」

『ええ、専門の者程ではありませんが、多少であれば』

期待していた返答が耳に入り、すかさず猫丸は事情を話そうと……。

「実は……」

（おっと、任務については極秘だったな）

した寸前、寅彦(ちち)との大事な約束を思い出し、咄嗟(とっさ)に言葉を区切った。

しかし参った、用件を伝えようにも話せる部分が限られてしまっては、上手(うま)く説明出来るかどうか。

『猫丸様？　どうかされましたか？』

「あーいや……スマン、何でもない」

（仕方がない、ここある程度暈して……）

瞬時に頭の中を整理し、猫丸は任務の詳細に触れない程度に話し始める。

「実は、最近気になっている女が居るんだが……」

『ほう!!』

何故かえらく食い付いた様子の豹真。

予想外の反応が来た為、何か落ち度があったかと猫丸は一瞬懸念するが、一旦話を続けに戻る。

「その女に近付きたく、どうすればもっとそいつの事を知れるのか。ここ数日色々と模索してみたんだが、とうとう行き詰まってしまって……」

『フムフム、それでそれで？』

「そんな時に、その女がラインというモノをやってると知り、これを逃す手は無いと思ったんだ」

『ほ〜、成程成程。確かにそうですね〜。で!?　そ・れ・で!?』

電話越しにも伝わるくらいに豹真の興味が向けられ、猫丸は若干引いてしまう。

それでも、彼の力がどうしても必要である事を今一度思い出し。


「奴のラインをハッキングしたいから、俺にそのやり方を教えてくれ」

『ほう、それで私に電話を…………って、ハイ？』


その要求に、豹真は思わず固まった。

聞き間違いかと思い、念の為確認を取る。

『えっ？　ラインを交換したいんじゃないんですか？』

「ああ、連絡先がほしいんじゃない。ただ一方的に情報を搾取する為に、ハッキングの仕方を教えてほしいんだ」

『気になってる女性の？』

「ああ、その通りだ」

聞き間違いじゃなかった。

豹真は一旦間を置くと、停止しかけた脳をフル回転させた。

沈黙し、思考に全てのエネルギーを費やした結果、一つの結論に辿り着く。

（もしやうちの若殿は、意中の女性とくっ付きたいが為だけに、ハッキングに走ろうとしているのでは？）

実質、その推理は半分正解し、半分外れていた。

確かに猫丸は紅音のラインＩＤ獲得の方法に『交換』ではなく『ハッキング』という、回りくどい上に罪に問われてもおかしくない手段を取ろうとしている。

しかし、その目的は紅音と距離を縮める為でなく、紅竜（レッドドラゴン）の暗殺という猫丸が掲げる悲願達成の足掛かりを掴む為であった。

当然、この意思は豹真には伝わらない。それと同時に、豹真の意思も猫丸には通じなかった。通じる筈（はず）がなかった。

何故なら、前提がそもそも食い違っているから。

「豹真？　どうかしたか？」

『ハ、ハイッ！　すみません、えー……っと』

（どうする？　ここはもう『普通に交換すればいいでしょ』と告げるべきか）

それがきっと最善だろう。その方が猫丸の為にも、相手の女性の為にもなる。

ここは心を鬼にし、断りの返答を告げようと、

（いや待て、落ち着くんだ私！　あの猫丸様が、そんな捻（ひね）くれのいき過ぎた思春期みたいな理由で堅気の端末にハッキングをするか!?）

する寸前に、豹真は一旦踏（ふ）み止（とど）まった。

（そう、色々と抜けているところがあり、もうこの人は末期なんじゃないかと思わされる

一面もチラホラと見受けられるお方だが、腐っても実績・実力共に業界トップクラスを誇る一流の殺し屋……！）

それは、猫丸の幼少期から面倒を見る事で培ってきた、知識と信頼によるもの。

（きっと何かお考えがある筈だ。信じろ。猫丸様を、そしてこのお方に十年付き添ってきた自分の経験値を！）

悩みに悩んだ末、迷いに迷った末、豹真の中で蓄積された膨大な経験値は、

『了解しました。では、今から言う手順に従ってパソコンを操作してください』

「ああ、よろしく頼むぞ」

結果として、猫丸を誤った道へと導いたのであった――

「――よしっ！　開けたぞ」

豹真の指示に従い、パソコンを操作すると画面にそれらしきウィンドウが映し出される。

『では、あとは先程お伝えした通りで』

「ああ、助かった。ありがとな、豹真――」

謝意を述べるなり、通話を切ってパソコンの操作を続行する猫丸。

言われた通りの手順で進めると、紅音のモノと思わしきホーム画面が浮かび上がった。

「コイツ……、ここでもコードネームを使用していたのか」

名前の欄に堂々と載っている『レッドドラゴン』の文字。

度々疑ってしまうが、本当にあの女には殺し屋としての自覚があるのだろうか。

「いや、余計な事は考えるな。とりあえず、まずは友だちリストとやらから確認して……」

今優先すべきは情報の取得。

まだラインについてよく分かっていない猫丸は、ひとまず目に付いた『友だち』のページをクリックすると。

「咬狛(かみこま)一人だけ？　グループも０……」

そこには、想像していたモノよりも、何とも寂しく閑散とした光景が映っていた。

「てっきり、先日言っていた会合の相手なんかも載っていると思ったが……。まあいい、一番見たいのはトーク内容だ」

ふきだしのアイコンにマウスポインターを近付け、クリックと同時に履歴が表示される。

当然、表示されたのは唯一友だちとして登録されている九十九だけ。

他にポインターを向ける場所も無いので、猫丸は自然の流れに沿ってクリックすると。

「こ、これは……──！」

『憎い……。我を縛る万数の鎖が、我が進行を阻む億兆の障壁が。忌々しき禁書目録が、我を破滅へと招くのだ』

『大丈夫ですか？　一人で出来そうですか？』

『求む……。天佑神助(てんゆうしんじょ)では決して叶(かな)わぬ、汝(なんじ)の霖雨蒼生(りんうそうせい)を。今際(いまわ)の際(きわ)へと向かうこの至らぬ愚竜に、干天の慈雨を……』

『はいはい、じゃあ一度電話で話しましょうか』


「なん……だ、これは？　会話……なのか？」

そのなんとも意味不明な遣(や)り取(と)りに、唖然(あぜん)としてしまった。

「竜姫(コイツ)、普段の言動もそうだが、ちゃんと日本語で話す気があるのか？　ていうか、なんで咬狛も咬狛で、竜姫(たつき)の言ってる事が分かるんだ？」

寸分の狂いもなく通じ合っている二人のトーク内容。会話は一旦ここで途切れ、そこから一時間程通話をした記録が残されている。

何故(なぜ)こんな分かりにくい、分からせる気が微塵(みじん)も感じられない言葉で話すのか。

何故こんなメッセージを送られて、僅かな時間差もなく完璧な返信が可能なのか。

猫丸にとっては会話の内容と併せ、全くもって理解出来なかった。

「仕方ない、今はコレしか頼りがないんだ」

猫丸はすぐさま別ファイルを開き、とりあえず帰宅後も確認出来るよう、前日から一年前までの会話記録を保存する。

作業が一段落すると、保存を終えたファイルを閉じ、標的(ターゲット)についての情報の宝箱と向かい合う。

「よしっ、それじゃあ早速――！」

――数時間後。

「ダメだ、分からん……」

猫丸は早速壁にぶち当たっていた。

その、目の前に立ちはだかる巨壁は、あまりにも強固で巨大過ぎた。

一日前の記録を見て即時解読は不可能と考えた猫丸は、ひとまず分かりやすい内容(モノ)は無いかと一ヶ月前まで遡ってみる事にした。

しかし、どれもこれも最初にみたモノと同様、何かを暗示していると思われる単語・熟語に溢(あふ)れた内容で、何度熟読を試みても一体どれが必要でどれが不必要な情報なのか皆目見当もつかないという、最悪の状態に陥ってしまった。

まさか、コレも紅竜(ヤツ)の策略だとでもいうのか？　いつか、刺客となる者がハッキングを仕掛けてくる事を加味した上で……。

「この抜かりない対策……、流石(さすが)は紅竜(レッドドラゴン)と言ったところか。こんなの俺に読めるのか？　いや、咬狛が難なく返信出来ている時点で、解読出来ない内容ではないんだ」

時間は掛かるが、一文一文解読していくしかない。

あの紅竜(レッドドラゴン)の事だ。きっと何かを暗喩した情報が隠されている筈……！

そんな淡い希望を抱き、もう一度一日前の記録に戻り、解読に移ろうとした――その時だった。

屋上に身を移してから、7度目のチャイムが学校中に鳴り響いた。

一限途中からハッキングを開始した為(ため)、一限終了のチャイムを1、二限開始のチャイムを2とそれぞれカウントしていった時。

7度目、その数字が意味する事とは――つまり。

「――!!　そんな、まさかもう四限が終了して……。いや、それよりも……」

焦燥感に駆られ、猫丸は慌ててパソコンの電源を落とす。

一限のみの筈が四限まで無断欠席した事が問題なのか。

否(いな)、一番の問題はそこではない。

問題なのは時間ではなく、場所だ。

授業を抜け出した事が教師陣や他の生徒にバレぬよう、猫丸は一番人の出入りの少ない点を考慮し、屋上という場所を選んだ。

そこは確かに校内で工作を働くにはこの上ない安全地帯。

だが、ある時間帯を迎えるその瞬間だけ、そこはこの上ない危険地帯と化す。

何故なら――、

「マズい！　今すぐここから退散して……――」

「おや？　先客が居るようですね」

その時間帯においては、屋上は最も危険な生物の縄張りとなるから。

「黒木く……ブラックキャット!!」

急いで退散しようとするも束の間。開放された出入り口のドアは、二人の少女によって封鎖されてしまった。

「黒木さん、何でここに？　確か、保健室に行った筈じゃ……」

「え、え――……っと」

「まさか貴様、謀ったな！　病にその身が蝕まれていると偽り、祖述から退席しようとしたのだろう！」

「うぐっ……！」

屋上に一人居た猫丸を問い質す紅音と九十九。

返答に困り、猫丸はただただ言い淀むばかり。

(どうする？　どう言い訳すればこの場を切り抜けられる!?)

唐突の緊急事態。過去最大の崖っぷち。

パソコンは背中に仕舞い、なんとか見付からないよう隠しているが、いつまでもこの状態だと流石に怪しまれる。

「どうした？　反論があれば言ってみよ！」

紅音が鋭い目付きで猫丸を指差す。

もういっその事、屋上から飛び降りて逃げてしまおうか？

そんな考えが脳内に浮かび、制服の下に装備された発煙弾に猫丸が手を伸ばそうとした
──その矢先。

「そうだ！」

突然、パンッと大きく手を鳴らした九十九が嬉々とした表情で、

「折角ですし、黒木さんも一緒にお昼にしませんか？」

そんな提案を持ち掛けた。

◇

──それは、猫丸が教室から退席し、一限目の幕が引かれて間もない頃の話。

「──成程。つまり、紅音は黒木さんとラインを交換したいのですね？」

「う、うん……」

悩みを打ち明ける紅音と、それを聞いて考え込む九十九。

恥ずかし気に頷いた後も、紅音は尚も続けて話す。

「黒……ブラックキャット、さっき『翠緑の結糸』の話した時にちょっと反応してたし……」

猫丸が紅音を視ていたのと同じように、紅音も猫丸を視ていた。

必ずしも観察とは、一方向に働くものではないのである。

「仲良くなる為に『盟友の刻印』を訊きたいんだけど……その、どうすればそれとなく訊けるのか、分かんなくて……」

「紅音……」

困り果てた様子で話す紅音の顔を、九十九は静かに見詰める。

紅音はこれまでの人生で交際経験は勿論、異性の友達が出来た事が無かった。

そもそも、友達自体少なく、彼女と親しくする人間は片手で足りる程だ。

理由は明白、時と場を弁えず奔放に振る舞うその姿と、彼女が罹っている特殊な病が災いし、誰も近寄ろうとしないからである。

それに、紅音も無為に誰彼構わず関わろうとはしない。

人に対する好意や好奇心が偏食気味な彼女は、気に入った人物にのみその興味を働かせる。

何かを隠している者、何かを秘めている者、何かを超越している者に直感的に惹かれ、その性質が作用した時、初めて友好を結びたいと思うようになるのだ。

そして猫丸に対しても、その直感は働いていた。

(元々強い娘じゃないですし、紅音には少々ハードルが高いかもしれませんね……)

『普通に交換すればいい』なんて無責任で無頓着な事は言わない。

異性、それも意中の相手に連絡先を求めるという行為には、相応の勇気が必要とされるから。

「コマコマ、お願い！　私に力を貸してくれないかな……!?」

胸の前で両拳を握り、紅音は九十九に助けを乞う。

紅黒に染まる真っ直ぐな瞳が一心にこちらを見詰めている。

(まったく、そんな眼を向けられちゃったら、断れないじゃないですか)

もっとも、九十九が紅音の頼みを断る筈がないのだが。

「分かりました」

フッと笑みを零すなり、九十九はその頼みを引き受ける。

紅音の決意に応えるように、自身もまた、熱く固い決意を抱いて。

「では私が、黒木さんとスムーズにライン交換出来る状況を作ります」

◇

「ハア……、最悪だ」

パソコンを鞄に仕舞い、入れ替わるように弁当箱を片手に運ぶ猫丸。

その重い足取りの向かう先は、つい五分前まで居た屋上。

場所は同じ。ただ決定的に違うのは、そこに二人の人間が待っている事。

内一人は、この世で最も警戒しなければならない危険人物である事。

階段を登り、目の前にドアが立ち塞がる。

「もう、腹を括るしかないか」

暫くその場に佇んだ後、ゆっくりと深呼吸しドアノブに手を掛ける。

開け放つ瞬間、湿っぽい空気と雨上がりの独特な匂いに迎えられ、同時にその右眼に飛び込んできたのは……、

「蒼天を付き従えし太陽神よ！　喜ぶがいい、愚かなる曇天が過ぎ去りし今、この偉大なる竜の姿態を拝めるのだからな!!　ハァーッハッハッハ！」

抜けるような青空に向かって吼える、小さな竜の姿だった。

「あの女、いつもあんな事をやっているのか？」

「ええ。毎日毎日、本人にとってはルーティーンのようなモノなんでしょうね」

高々と笑い上げる紅音の後ろでただただ唖然とする猫丸と、その横で新鮮な反応を見ながら微笑む九十九。

「来たなブラックキャット。歓迎しよう、ようこそ我らが午餐会へ。どうだ？　食前に一発、汝も神々にその体貌を晒し、戦慄させてみては……」

「いや、遠慮しておく。俺の中で、一生消える事のない後悔が刻まれそうなんでな」

紅音の誘いを拒否するなり、猫丸は九十九と一緒に床にシートを敷いた。つい先程まで自分が作業していた、日光が程よく当たる水溜まりの無い場所だ。

「黒木さん、どうぞこちらへ」

「ああ、済まない」

九十九に案内されたスペースに、猫丸はゆっくりと腰を下ろす。

三人で輪を作るように座り、一斉に各々の弁当箱を開くと、紅音が猫丸の箱の中身を見て驚嘆する。

「うわっ！　す、凄い豪華……ハッ！　ブ、ブラックキャット、汝のパンドラボックスに詰められし贄も、中々豪勢なことよ！」

「言ってる事はよく分からないが、うちの者が作った物を褒めてくれているのなら、素直に感謝しよう」

猫丸が手に持つ弁当の内容は、旬の野菜をふんだんに使い、かつ選び抜かれた一級品の肉・魚といったメインを使用した、値段を意識しないような豪華なラインナップ。

栄養バランスは勿論、彩りも工夫されており、通常の高校生が平日の昼に摂取するような弁当では間違いなくなかった。

対して、他の二人が持つ弁当は至ってシンプル。

特に掘り起こす要素もなければ、掘り下げる特徴もない。

普通の女子高生が手にしているような、何処にでもある平凡極まりない内容だった。

「何だかお弁当だけで住む世界が違っているように見えますね……。松阪牛がお弁当箱に入ってるところなんて、私初めて目にしましたよ」

「ブラックキャットの家は、ひょっとして大厦高楼の富豪だったりするのか？」

「まあ、裕福な部類には入るだろうな」

(高額で取り引きされる仕事が、毎日のように入ってくるし)

今も必死で仕事に明け暮れている家の連中の顔が浮かび、有り難いと思う半面、自分だけこうしている事に、猫丸は申し訳なく思ってしまう。

感謝の意を込め、弁当に手を付けようとした、その時だった。

ふと、紅音と九十九の二人が、猫丸の弁当に釘付けになっていることに気付く。

「……ひ、一口いるか？」

「「是非！」」

目を爛々（らんらん）とさせていた二人に、猫丸は自分の弁当を差し出す。

すると、紅音と九十九の二人は一切の躊躇（ちゅうちょ）もなく、猫丸の弁当箱に入っていた牛肉を箸で取り、それを自分の弁当箱のラインナップに加えた。

（ま、迷わず取りにきたな……）

紅音はともかく、九十九までも食い意地が張っていたことに、猫丸は密（ひそ）かに驚いてしまう。

おかずは減ってしまったが、まあいいかと思いながら自分の弁当箱をもう一度見てみると、何やら箱の右半分を埋め尽くしている白米の上に、衣に包まれた大きな肉塊が一つ置いてあった。

「お返し……には、全く届かないと思いますが。良かったら食べてください」

頬（ほお）を膨らませ、口元を手で隠している九十九が、優しい声でそう言った。

白米の上に堂々と鎮座しているのは、彼女の弁当箱に元々入っていた北海道名物。

唐揚げのようで、唐揚げによく似た、唐揚げではないもの。通称、ザンギだ。

（一体いつの間に……）

「私からもコレを授けよう！」

知らない内に置かれていたザンギを不思議に感じていると、今度は紅音から見知らぬ物体を渡された。

白茶色をした肉塊の隣で、見たこともない赤い生き物のような物が白米の上に佇んでいる。

その姿形は、頭と思わしき部分からそのまま生えるように下肢が伸びており、その枝分かれした足のような部位は、全部でおよそ八本……。

「なっ、何だ……コレは？　まるで小さなタコのようだが……」

怪しげな物体を箸で摘み、猫丸は恐る恐る訊いてみると、何やら不敵な笑みを浮かべている紅音が、クックックックと小さく嗤って。

「ブラックキャット、貴様『クラーケン』という魔物は知ってるか？」

「ク、クラーケン……？」

それは、表社会の人間なら一度は耳にした事のある名称。

裏社会で仕事漬けの毎日だった猫丸は当然知る筈もないので、頭上に疑問符を浮かべ首を傾げる。

聞き覚えが無い事を悟ると、紅音は更に続けて。

「『大海の悪魔』の二つ名を有し、大型帆船を幾つも沈めてきたという、超巨大な化け物蛸だ」

その説明を受け、猫丸は九十九に訊ねる。

「本当か？　本当にそんな生き物が実在しているのか？」

「え、ええ。まあ、居るには居ますかね……」

（神話上の世界になら……）

よりにもよって、重要な部分を心の声に留めてしまう九十九。

それにより、本当にその超巨大なタコが現実に居ると勘違いしてしまう猫丸は、今度は紅音の方に訊ねる。

「で？　そのタコがどうかしたのか？」

尚も不敵な笑みを見せる紅音。

腕を組み、その箸に挟まれた物体に目を遣った後。

「それは、その魔蛸の出涸らしだ」

衝撃的な事を告げた。

「ウソでしょ」と言わんばかりに、九十九が傍らで唖然とする。

その一方で、猫丸は喫驚し、丸くした眼で箸で摑んでいるその物体を凝視した。

「こ、コレが……!?　いや、流石にそれは有り得ないだろう……」

先程の話にあったスケールと全くそぐわない。

こんな小さな個体が帆船を沈めるなど、いくら何でも馬鹿げている。

「疑念を抱くのも無理はない。それは件の幼体の中でも特段矮小な個体だからな」

「何故お前にそんな事が分かる？」

「何故？　何を抜かすかと思えば……」

完全に紅音の言葉を訝しみ、胡乱な目を向けながら猫丸は問い掛ける。

すると、紅音は自信満々に薄い胸を目一杯に張り、そこに自身の右手を添えて。

「この私自ら溟海の深層に赴き、この手で仕留めてやったからに決まっておろう」

「き、貴様がか⁉」

その言葉に、猫丸は仰天した。

冷や汗が頬を伝い、前のめりになった体が硬直する。

普通の人間なら、こんな与太話を信じはしないだろう。

表社会に疎い猫丸でも、流石に平常時は引っ掛かるモノを感じていた筈だ。

しかし、この時だけは違っていた。

ハッキングがバレてしまうんじゃないかという焦り。このまま生きて帰れるのかという不安。

屋上に到着するまで押し寄せ、今も尚張り詰めている緊張感と緊迫感。

筆舌に尽くし難い焦燥とプレッシャーが、彼の思考と判断を貪ったのだった。

「成体をそのまま地上に持ち込んだところで保管に手間取るだけ。しかし運良き事に、彼奴の巣穴に幼体と思しき個体が複数潜んでおったのでな。その中で最も眇々たるモノ

を選別したのだ」

「成程！　だから出涸らしという表現を使ったのか！」

「ただのタコさんウィンナーですよ、黒木さん」

その後も、初めて三人で過ごす昼食の時間は賑やかに進んだ。

「――そこで私は言ったのだ。民が困窮した時、英雄がそこに降り立つように。愚かな咎人が現れた時、憲兵もまたそこに現れるように。私もまた永い眠りより目覚め、ここに降り立ったのだ、と！」

「とまあ、以上が四月にあった、遅刻した時の言い訳です」

「成程、図々しいにも程があるな」

（おかしい……）

着々と進んでいく昼食の一時に、猫丸は微かな違和感を覚えていた。

目立った淀みは無い。その筈なのに、何かこう、口では説明し難い違和感が、確かにそこに生じていた。

その不安の元凶は何かと問われれば、答えの正体は一人しか居ない。

（紅竜……、一体何が目的なんだ？）

猫丸の疑念に満ちた眼差しの先に座る一人の少女——竜姫紅音。

この時間、彼女がやたら猫丸に話を振り、何度も猫丸に質問を仕掛けてきた。

が、そのどれもこれもが、裏社会での情勢や稼業に関するモノとは大きくかけ離れた、非常に益体もない話だった。

『趣味は何だ』とか、『この学校には慣れたか？』など、専門用語が多過ぎていちいち九十九の通訳を挟まなければ伝わらない、本当に益体もない話を。

（まあ、一般人である咬狛も居る場で、そんな物騒な話題を持ち掛ける筈もないが）

自己紹介の時の件もあり、コイツならやりかねないと警戒していたが、どうやらそれは杞憂に終わるらしい。

だが、それでも彼女が猫丸に積極的に話を振る謎は解明されない。

最後まで油断は出来ない。一秒一秒、自身と相手の一挙手一投足に限界まで神経を尖らせなくては。

この過去最大の山場を乗り越える為、一瞬も気を緩めぬまま昼食を摂る猫丸。

しかしその裏で、決して彼には察する事の出来ない計画が順調に進んでいた。

（いい感じですね）

現場の監督と紅音の通訳を兼任する九十九が、事が上手く運んでいる現状を密かに喜ぶ。

紅音の掲げる『紅音と猫丸のライン交換』という目的達成の為、場をセッティングし、おかずを交換し合う事で互いの親密度を高めるという作戦も上手くいった。

そのおかげで、紅音も変に緊張する事なく、猫丸とコミュニケーションを取れている。

もっとも、九十九(じぶん)の通訳を挟まなければ、まともに会話が成立しないのは難点だが。

問題の多い親友に思わず九十九は苦笑していると、猫丸が突然懐からポリパックを取り出し、その中に紅音から譲り受けたタコさんウィンナーを詰めようと……。

「あの、黒木さん？　何をされてるので？」

「折角(せっかく)希少な生物が手に入ったんだ。家の者に預け、鑑識に回そうと思ってな」

「なにバカな事言ってるんですか？」

思わずツッコんでしまう九十九。

折角女子(紅音)が作ってくれたのだから、保存なんてせずに食べてほしい。

まあ、ただのタコさんウィンナーを伝説の魔物にしてしまった紅音にも、多少なりとも非はあるのだが。

(いやでも、信じますかね普通……)

何はともあれ、軌道に乗っているのは確かだ。

出だしは好調、流れは良好。アタックするなら——今！

「ほらっ、紅音」

「う、うむ……！」

囁（ささや）くように九十九が紅音の背中を押す。

もうあまり時間が無い。そろそろ全員弁当を食べ終わる頃だ。

勇気を振り絞り、紅音は一度深呼吸を挟むと。

「ブラックキャット！」

「な、なんだ？」

その名前を叫んだ。

途端に緊張が込み上がる。

いきなり要求を伝えても失礼なだけなので、まずは軽い質問から。

「き、貴様は『翠緑（すいりょく）の結糸（ゆいと）』の存在を耳にした事はあるか？」

「翠緑の……結糸？」

「あっ、ラインの事です、黒木さん」

すぐさま九十九がサポートに入る。

付き合いの長い自分と違い、まだ会って一週間の猫丸に紅音の言語は伝わりづらい。

補足説明を聞き、猫丸が「ああ」と納得する。

「一応、あるにはあるが……。それがどうかしたか？」

「え、えっと………」

返答するなり、今度は猫丸が質問する。

ここだ。もうこのタイミングしかない。

「ブ、ブラックキャット、私と……その……」

もう少しで伝えられる。

ここまで九十九がお膳立てしてくれたのだ。

早くこの気持ちを、この想(おも)いを彼に伝えたいのに、緊張で言いたい言葉が中々喉から出ようとしない。

猫丸と親睦を深めるという目標達成の為、紅音が自分との戦いに打ち勝とうとしていた頃。

(待て、何故急にラインの話を持ち掛けてきた?)

突然コードネームを呼んでくるや否(いな)や、その前振りのない話題転換に、猫丸はふと疑問を抱いた。

よく視(み)ると、紅音の左手にスマホが握られているのが確認出来る。

「わた……しと。わた……、わた………」

(――!! まさか、この女……!)

段々と顔を赤くしていく紅音と、その様子を不審に思う猫丸。

そんな二人の姿を九十九が静かに見守る中。

とうとう意を決した紅音は、その手に握るスマホを猫丸の前に突き出し、

「わ、私と共に、この凶報について談論してみないか!?」

ニュースの表示された画面を見せ付けた。

あと一歩届かなかった。

最後の最後で怖気付いてしまった。

折角親友が与えてくれたチャンスを無駄にしてしまった。

（私のバカ～～……）

（あーあ、ダメでしたか）

目の前に居る猫丸から顔を逸らし、必死にその涙目を隠そうとする紅音。

やれやれと額に手を当てつつ、九十九も一緒にその画面に着目してみると。

「えーっと、なになに？　『大手コンサルティング会社、ハッキングの被害に遭い顧客情報が大量流出』ですか」

「!?!?」

その音読が決め手となった。

正確に言うと、決め手として働いたのはニューススタイトルにある一つの単語。

そしてライン、その単語が映った画面を見せ付ける行為によって辿り着く答え。それは——、

（間違いない——この女、俺がラインをハッキングした事にとっくに気付いて……！）

つまるところ、そういう事である。

猫丸はここでも紅音に対し、勘違いを発動させてしまうのであった。

「まあ、大変ですね。ちゃんとファイアウォールとか作動していたんでしょうか？」

「業炎の焦熱壁……⁉」

九十九が記事に軽く目を通し、簡単な感想を呟く。

偶々琴線に触れる単語が紅音の耳に入り、その瞬間にいつものスイッチが入る。

「紅音も気を付けなくちゃダメですよ？　もしかすると、今この瞬間にも、紅音の大事な情報が盗まれているかも……」

「ハッ！　無用な心配だなコマコマよ！　我が権能は破壊のみにあらず。この身に封じられし劫炎は、我を害する者を決して赦しはしない！　不遜にも我が炎壁を破り、領域に足を踏み入れた痴れ者には、纏われた紅炎によってその身を焦がし、灰燼へと滅ぼしてくれるわ！」

（灰燼？　滅ぼす⁉　まさか、この女、ハッキング犯である俺をその左腕で焼き殺すつもりか⁉）

先程までの情けない自分を誤魔化すように、紅音はその場から立ち上がるなり、ブレザーをマントの如く翻して九十九の問いに返答する。

その傍らで、脅迫をぶつけられたと猫丸が勘違いを起こすが、そんな様子に気付く事もなく。

「しかしなんにせよ、無駄な事をする奴が居たものだな」

「アハハ、ですねー」

（ハア……、結局失敗に終わっちゃいましたか）

九十九の準備したライン交換のミッションは、昼休みの終了を伝える予鈴によって打ち切りとなった。

◇

――翌朝。

常闇は晴れ、仕切られたカーテンから日差しが顔を覗かせ、無音の暗い一室を薄っすらと照らす。

画面の光るパソコンの前で、猫丸は一人椅子に凭れ掛かっていた。

力尽きたように両腕をだらんと垂れ、ゾンビのような唸り声を上げる。

「あ――……、あ？　あ――……――」

――何故（なぜ）こうなってしまったのか。事の発端は昨日に遡る。

授業を終え、帰宅した猫丸はすぐさま自室に向かい、パソコンを開いた。

目的は一つ、学校で授業を欠席してまで手に入れた、紅音のライントーク履歴データだ。

猫丸はこのハッキングで手に入れたデータを閲覧し、解読を試みた。

九十九の返信やこれまでの観察で得た情報から会話内容を推理。

同時に英語や中国語、ロシア語をはじめとする十ヶ国以上の言語に翻訳する事で、隠されたキーワードは無いかと奮闘し続けた。

そして遂（つい）に、保存したデータの内の一ヶ月分の解読を達成――その結果。

その内容のあまりの薄さ・浅さに、猫丸は絶望してしまった。

例えば最初に見た一日前もとい、二日前の遣（や）り取（と）り。

アレはその日に出された宿題に紅音が苦戦を強いられ、九十九に助けを求めるというモノだった。

前日の一限前にあった二人の遣り取り、猫丸がラインを知るきっかけとなった会話がヒントとして働く事で解読出来たワンシーンだ。

そんな一見くだらない会話劇が一ヶ月に亘（わた）って繰り広げられていた。

そう、一ヶ月。猫丸が解読に奮励努力した範囲全てである。

解読に解読を重ね、世界中の言語に翻訳していった結果、ほとんどが他愛（たわい）のない日常会話という事実が発覚し、猫丸の体からはエクトプラズムのようなモノが発生する。

「俺の努力は……無駄だったのか？」

疲労のせいか、そんな弱音が猫丸の口から洩（も）れてしまう。

いや、もしかすると更に過去へと掘り下げれば、有用な情報が掴（つか）めるかもしれない。

もしかすると、まだ試していない言語で翻訳すれば、隠された暗号が見付かるかもしれない。

しかし、心の中でそんなものは無いという、ある種分かり切った警告のようなモノが告げられている事に、猫丸は気付いてしまう。

そもそも、その暗号とやらが隠されているのなら、それを伝える為（ため）の相手が居なければ意味がない。

その候補である九十九はどう見ても堅気の一般人。

冷静に考えれば分かる事だったのだ。

『無駄な事をする奴が居たものだな』

昨日の昼に言っていた紅音の言葉を思い出し、猫丸は完全にそれが自分に当て嵌まっている事を悟る。

なんて愚かなんだ。遂にあの紅竜の情報が手に入ると浮き立ち、冷静さを欠いた挙句の結果がコレか……。

（咬狛との会話だからダメだったのか？　いや、そもそもラインに限らず、別の連絡手段がある可能性を考慮すれば……。いや、ハッキングという回りくどいやり方が、最初から悪手だったか？　更にあの紅竜について深く探るには、やはり直接関わるしか……。となると、俺もラインを交換……。いや、しかしこちらが探っている事を摑まれる訳には……）

体力はもう尽きているというのに、こんな時でも頭の中はあの女に関する事でいっぱいだ。

反省も次の計画も、正直今は後回しにしたい。

それでもこうして自分の頭が休息を許さないのは、それだけ彼女の情報が欲しい、彼女に近付きたいという、ある種の執念によるものか。

「猫丸様、お目覚めでしょうか？」

コンコンというノック音と共に、ドアの向こうから豹真の声が聞こえてくる。

「ああ、起きている。おはよう……」

どうやら、もう学校に行かなくてはならない時間らしい。

『今日くらい休んでも』という考えが一瞬頭を過ったが、昨日午前の授業を丸々無断欠席してしまった事への罪悪感と、今日も一日標的を観察しなくてはという義務感に押され、猫丸は無理矢理その鉛のように重たい体を動かした。


眠気と戦いながら登校し、教室に辿り着く猫丸。

着席と同時、今度は机に突っ伏す体勢で時間が経過していくのを静かに待っていた。

長年殺し屋として活動を続けてきた自分は、そこらの人間よりも身体能力に限らず、体力にも圧倒的自信があるものだと思っていた。

が、たかが一度の徹夜ごときでここまで憔悴してしまうとは。

最近前線に出ていないからだろうか。体力の衰えを痛感せずにはいられない。

「日々のトレーニングだけじゃ足りないな。休日の間だけでも、親父に他の仕事の許可を貰っておくか……」

陽の光が眩しい。徹夜明けが影響してか、いつもより眩みやすい眼を護るように猫丸は腕をバリケードにしていた――そんな時だった。

心身共に疲弊し切っている猫丸に二つの人影が近付いていく。

「おはようございます、黒木さん」

「ん？　ああ……おはよう、咬狛」

耳触りのいい声で挨拶する九十九。

その声で存在に気付いた猫丸も、すかさず挨拶を返すと。

「お、おはよう、ブラックキャット」

その後ろで、ひっそりと九十九の背中に隠れていた紅音が、か細い声で挨拶を仕掛けた。

「あ、ああ！　おはよう、竜姫」

声が聞こえると同時に猫丸は背筋をピンッと伸ばし、姿勢を正した。

未だ慣れぬ紅音からの挨拶に、若干の緊張を交えながら同じ挨拶で返す。

ただ、その見慣れぬ光景には、流石の猫丸も違和感を覚えずにはいられなかった。

「どうした竜姫、何故咬狛の陰に隠れている？　いつもみたく、騒がしい声と共に前に出てこないのか？」

「そ、そうだなっ……！　うむ、確かに私らしくないか……」

猫丸の質問に対し、ぎこちない返答を送る紅音。

またしても見慣れぬその姿に、猫丸は更に疑問を抱くと。

（まさか、昨日の脅迫通り、俺を焼き殺そうと……!?）

そんな懸念を抱き始めるが、結論から言ってそれは猫丸の勘違い・杞憂である。

紅音にそんな能力は無いし、そもそもハッキングに気付いてなどいない。

彼女が鳴りを潜める事になった原因は、つまるところ自信の消失だ。

猫丸が転入してきた当初にあれだけ高らかと宣言し、大見得を切っておきながらのこの体たらく。

親友の努力を無駄にした上、不甲斐ない結果を叩き出した事により、紅音は自分を卑下するようになってしまっていたのだ。

「ほら紅音、もう思い切って言っちゃいましょうよ」

「い、いや、しかしだな……」

小声で九十九が背中を押すも、当の本人は未だ勇気が出ず、モタモタしてしまう。

そんな紅音の姿を見兼ね、

(仕方ないですね……)

とうとう痺れを切らした九十九は、猫丸の側へと歩み寄ると。

「黒木さん、ライン交換しません？」

「ん？　ああ……構わないが」

親友を放置し、一人で猫丸と親睦を深めに動き出した。

突然の親友の行動に、背後で驚きを隠せないでいる紅音。

九十九の指示のもとにアプリのインストールを完了すると、猫丸は早速九十九とラインを交換する。

初めて使うラインに、初めての友達の名前が記入された事を確認した――その直後。

「あっ、ついでに紅音のＩＤも送りますけど、構いませんよね？」

「ああ、別にいい……け……ど………」


「「え？」」


九十九のその一言に、猫丸と紅音の二人は一斉に驚きの声を洩らした。

それだけではない。その不意な要求に対し、承諾してしまった自分に猫丸は愕然としてしまった。

疲労困憊により判断力が著しく低下していたとはいえ、ここにきてまさかのうっかり重大ミス。

（な、なななななにをやってるんだ俺は……？）

当然困惑していたのは猫丸だけではない。

「コ、コマコマッ！　貴様、勝手に何をっ……」

「だってもう面倒くさくなっちゃったんですもん。進展は早い方がいいでしょう？」

紅音もまた、九十九の所業に困惑させられていた。

呆気に取られ、暫く思考が停止してしまう猫丸。

ハッ！　と意識を取り戻すや否や、自分のスマホに目を遣り、急いでラインを確認すると……。

そこには、友だち追加の欄に記載されている、『知り合いかも？』という文字の下に堂々と書かれた『レッドドラゴン』の名前が。

（これはマズい!!）

急いでブロックし、そのまま削除を試みる猫丸。

だが、ここでもし断ってしまえば何かしらの意味が発生してしまう。

そうなれば、紅音を不快な気持ちにさせ、腹癒せに腕の兵器が解き放たれる危険性が。

「ブラックキャット……？」

紅音がこちらを見ている。既に登録を終えたのか、こちらが承認するのを今か今かと待ち侘びながら見詰めている。

（これはもう、無理だな……）

逃げ場が無い事を悟り、猫丸もやむを得ず許諾する。

これで、猫丸の友だちリストは一人から二人へと追加された。

そして、それは紅音も同様で。

「良かったですね、紅音。これで黒木さんといつでもお話出来ますよ」

「勝手な事をしよってこの者は、まったく……」

ニヤニヤと悪い笑顔を見せる九十九。

そんな彼女に、紅音はため息交じりにそう言うと、

「まあでもアレだ……――でかしたな」

画面に二つの名前が映るスマホを胸に抱き、頰(ほお)を薄っすらと紅潮させたまま、ギリギリ九十九にだけ聞こえる声量で、そっと呟(つぶや)いた。

一方その頃、猫丸はといえば――

(どうする？　まさかあの紅竜(レッドドラゴン)の連絡先を入手出来るとは……。これは喜ぶべき事なのか？　ハッキングの懸念もまだ消えてはいない訳だし……。いや待て、予定外ではあったが、これはひょっとすると紅竜(レッドドラゴン)暗殺の大きな一歩なのでは――!?)

第四章　その時、猫は竜と手を結んだ

――五月末。

猫丸が彩鳳高校に転入して、およそ二週間。

教室では、ホームルーム開始の予鈴が鳴る前から教科書を開き、その内容を必死に復習している者があちこちに見受けられる。

今週は中間テスト。高校二年生になって初めての試練に、皆少しでも良い結果を残そうと奮励しているのだ。

既に幾つかの科目が終了し、これ以上低い点数を取る訳にはいかないと焦り、未復習の部分を無理矢理脳に詰め込む者、一人孤独に教科書とノートを開き周囲の雑音を遮断して励む者、友人同士で集まり仲良く問題を出し合う者など様々居る中。

「どうすればいいんだ……？」

教室の端でスマホとにらめっこしたまま、猫丸は一人別問題に頭を悩ませていた。

画面に映っていたのは、先週インストールしたメッセンジャーアプリ――ライン。

そこに友だち登録された、一人の女子高生とのトーク内容だった。

『果ての世界に遺されし追憶。それらは我が進撃を阻むしがらみか……。はたまたこの身を誠の道へと誘う標の糸か。それとも……』

「これは……なんて返信すれば正解なんだ？」

異常とも言える解釈の難易度を孕んだ文章。

その送り主の意図を汲み取ると共に、何と返信を綴れば相手が満足するのか猫丸は必死に考える。

この苦労を強いられるのはこの日だけじゃない。

あの日、九十九と一緒に流されるように友だち追加したその時から、毎日のように連絡が来ていた。

平日は平均15通、休日になるとその倍の数の遣り取りが猫丸と彼女の間で行われる。

まだ友人？　の段階でこの頻度……。

もしあの女に男が出来るような事があれば、きっと……いや間違いなく、頻繁に連絡を求めるような束縛の強いタイプになるだろう。

（前の解読で、一体どの単語が何の意味を示すのか、少しは理解したつもりだったが。そんな事はなかったな……）

未だに通知が来る度に、ビクッと体が反応する。

いつかこれも慣れる日が訪れるのだろうか。そんな事をぼんやりと考えながら、なんて返信を打とうかと猫丸が最適解を模索する中。

「よう、どーしたんだ？　朝っぱらからそんなスマホに齧(かじ)り付(つ)いてよー」

「ん？」

一人の男子生徒が、猫丸の許(もと)へと近付いてきた。

顔を上げ、スマホの画面から真正面に立っている声の主へと目線を移すと、猫丸はその軽薄を具現化したような顔を見ながら顎に手を当てて暫くうーんと考え込んだ後。

「お前……誰だ？」

これ以上ないくらいに純粋な真顔でそう訊ねた。

この二週間、彩鳳高校内で猫丸がコミュニケーションを取ったのは、竜姫(たつき)紅音(あかね)と咬狛(かみこま)九十九の二人だけ。

教師を除き、それ以外の人間とは会話をしないどころか、何故(なぜ)か忌避の視線を向けられる日々だった。

一方の猫丸も、不要な交友関係は仕事の邪魔にしかならないと考えているが故に、標的(ターゲット)とその友人である紅音と九十九以外の人間に対する興味は一切なく、顔や名前も覚える気など毛頭なかった。

結果、双方の間で、互いに不干渉の状態を築いていたのであった。

「転入から二週間経ってるってのに、同じクラスの人間の顔すら覚えてねーとはな。いや、案外そんなモンか。自己紹介もまだだったし……」

無遠慮で容赦のない一言に、ガクンと肩を落とす男子生徒。

苦笑すると共に、その染められたと思われる金色の髪を掻いた後。

「猿川陽太だ。よろしく転校生」

その見下した態度を全面的に映すように、こちらを見下ろしたまま自分の名を告げた。

自己紹介されたのだと気付くや否や、猫丸もそれに続いて。

「黒木猫丸だ」

「知ってんよ。初日に自己紹介してたし」

「なら何故俺に近付く？　言った筈だぞ、『死にたくない者は俺に近付くな』と」

「ぷはっ！　アレ、マジで言ってたのかよ。流石中二病、言ってる事イカレてるわ」

「……？」

初めて顔を合わせた時の警告を覚えているにも拘らず、突然吹き出し、更に馬鹿にするような反応を見せてくる陽太に、猫丸は首を傾げてしまう。

一体何がおかしいのか。何がそんなに面白いのか。

皆目見当もつかない猫丸に、陽太は尚もケラケラとした表情で。

「別に～、俺はただお前と話がしたかっただけだぜ？　それが何か悪いとでも？」

そう話す陽太の奥で、数人の男子生徒も同じように嗤っている。

まるで、話し掛けられたこちらをからかうように。

その視線と表情に猫丸は若干の不快感を抱いていると、陽太は体を前のめりにし、姿勢を支えるように両手を机に置きながら猫丸のスマホに目を遣って。

「それ、竜姫のラインか？」

「そうだが……、人の携帯を勝手に見るのは感心しないな。常識が足りてないんじゃないか？」

人のスマホをハッキングした男が常識について説教する。

他人のスマホを覗き見ていた事を指摘され、陽太は急いで体勢を戻すと。

「お前に常識云々説かれるのは、なんか色々ムカつくけど……。まあ確かに、今のは俺に問題あったか。悪かったな」

素直に自分の非を認め、猫丸に頭を下げた。

「しっかし、着席して早々、ラインの返信ど～しよ～かな～とか。なにお前、アイツの事でも気になってんの？」

「まあ、気になっていないと言えば嘘になるな。あの時出逢ったのを皮切りに、今では寝ても覚めても、アイツの事ばかり考えてしまう始末だ」

「お、おう……。それはまた情熱的で……」

挑発のつもりが、予想以上に真っ直ぐな返答がきた事に、陽太は思わず動揺してしまう。

『そんな事はない』とか、もっと顔を真っ赤にして声を荒らげてくるものだと思っていたのに。

どこか癪な陽太はすぐに冷静さを取り戻すと、やれやれと呆れんばかりにため息を吐いて。

「同類同士惹かれ合っちゃってさー。まったく、類は友を呼ぶとはこの事かねー」

「！」

そんな事を呟いたその直後。

突如、陽太は上半身が真下に引っ張られるような感覚に襲われ、続けざまに何か冷たく硬い物が顎に強く押し付けられた。

「んがっ⁉」

後ろからガタンと椅子の倒れる音が耳に入る。

あまりにも唐突過ぎて、何が何だか全く分からない様子の陽太。

混乱したまま、ふと猫丸の方に目を遣ってみると、尋常ではない敵意と殺意の込められた瞳が静かにこちらを睨んでいた。

「おい陽太〜。なにおもちゃにビビッてんだよ」

遠い所で暢気に笑いながら野次を飛ばしてくる友人達。

(お、おもちゃ？　いやいやいや、全然そんな風には思えねーんだけど!?)

実際に突き付けられているそれの重厚感と殺気から、陽太にはその金属の塊が本物としか感じられなかった。

対して……、

(まさか、コイツも俺の正体を知って……？)

陽太の発言から彼も同じ世界の人間であると勘違いした猫丸は、咄嗟に彼の胸倉を掴み、自身の方へと引き寄せると同時に顎に仕込み銃を突き立てて。

「おいお前、俺と竜姫が同類とはどういう意味だ？」

「ハア？　そのまんまの意味だっつの。お前達二人共、中二病だろっつー意味で……！」

「中二病……？」

(そういえばコイツ、さっきも同じような事を言ってたな)

聞き慣れぬその病名に、猫丸は頭上に疑問符を浮かべる。

恐ろしさの欠片もない、寧ろ耳を擽ってくるような名前をした謎の病。

それが一体何なのか、不思議と気になってしまった猫丸は陽太にそれについて訊ねる。

「おい、その中二病というのはなんだ？」

「し、知らねーのかよ……」

気管の圧迫に苦しみながら、陽太は急いでポケットからスマホを取り出す。

そして、件の病について検索し、解説の表示された画面を猫丸に見せ付けた。

「ほらコレ！　コレが中二病だ！」

──中二病。

それは、主に思春期を迎えた少年少女の一部に発症し、過剰な自意識やそれに基づく振る舞いを表す、正式化されていない心理的病気のこと。

その病に罹った者は、不自然に大人びた言動を取ったり、根拠も無く自分が特別な存在であると思い込んでしまうのだ。

「──えーっと、つまり？」

「つまり！　周りに自分を見掛け以上に強く見せようと、背伸びしてる奴の事を言うんだよ！　年甲斐もなくわざわざコーヒーをブラックで飲んだり、何が良いのかよく分かってもいねーくせに敢えて洋楽を聴いたりな！　そーゆー奴がコレに当て嵌まんの！」

「成程。ところで、何の根拠も無しに自分を特別な存在だと思い込むというのは？」

「そのまんまの意味だっつーの！　例えば、『自分は生まれつき特殊な能力を持った逸材で、この能力を欲しようとする権力者達に世界中から狙われている』みてーな設定を、自分の頭ン中に創ってる感じ！」

「な、成程……」

（詳しいんだな……）

未だ顎に触れている金属の冷たさに怯える陽太の解説に、猫丸はフムフムと頷く。

しかし、不可解な点が一つあった。

「ん？　ちょっと待て。何で俺達がそんなおかしな病人と間違われるんだ？　さっきの話を聞く限りだと、俺達はその条件に一つも当て嵌まっていないように思えるんだが」

猫丸が首を傾げるのも無理はない。

先程陽太が解説したのは、中二病の中でもごく一般的で、かつまだマシな部類に入るもの。

真に恐ろしいのは、この後である。

「ハッ！　当の本人が気付いてる訳もねーわな。頭ん中に設定創るだけならまだマシな方さ。酷ーモンだと、内だけに収まらず、体の外にまで浮き彫りとなって現れっからな」

「更に上があるのか？」

「ああ。もーちょっと例を挙げるとすっと、別に使う予定もねーのに、意味も無く指の先っちょが空いたグローブを装着したり……」

「グローブとしての役割は？」

「別に怪我もしてねーのに、意味も無く眼帯を装着したり……」

「眼帯としての役割は？」

「これまた怪我もしてねーのに、意味も無く包帯を巻き付けたり……」

「包帯としての役割は？」

更に説明を加える陽太。

新しく出てきた具体例に、猫丸はすっかり呆(あき)れ果(は)てていると。

「聞けば聞く程意味が分からんな。何で俺達がそれに当て嵌まるような誤解を受けているのか……――ん？　待てよ？」

ふと考える。何故陽太(この男)は、猫丸(じぶん)と紅音を同類と言ったのか。

それは彼が猫丸と紅音(じぶんたち)を中二病だと思ったから。

では何故、猫丸と紅音(じぶんたち)をそんな病人と間違えているのか。

理由は分からない。分からないが、分かった事が一つだけある。

（成程な……――つまりコイツらは、俺と紅竜(レッドドラゴン)が中二病だと勘違いしてるんだ！）

思わぬ誤解(真実)を知った猫丸は銃を袖の中へと戻し、陽太の胸倉から手を離す。

ようやく息苦しさと恐怖から解放された陽太はゆっくりと胸を撫(な)で下(お)ろし、元の位置に戻した椅子に座った猫丸の姿を一瞥(いちべつ)すると。

「なに笑ってんだよ？」

「いやなに。お前達の眼が救いようのない節穴である事に、些(いささ)か驚いてな」

「ハア？」

猫丸はそのあまりの可笑しさに堪えようと、その手で口を必死に押さえながら、体をプルプルと震わせていた。

なんてめでたい頭をしている人達だろう。

まさかそんな見当違いも甚だしい思い違いをしてくれていたとは。

彼らは自分達を殺し屋だと思っていない。

先の陽太の発言も、殺し屋として同類ではなく、中二病として同類という意味の込められた発言だったのだ。

（むしろ好都合だ。俺達二人が仮に表舞台で妙な行動を取ったとしても、その中二病とやらが行動理由として働く。一見無理があるようにも思えるが、コイツらなら……）

この僅かな遣り取りで悟った。

どうりで最初から、奇異なモノを見るような視線を感じた訳だ。

自分がそんな無意味極まりない行動を取るような変人の枠組みに数えられ、そういった勘違いが原因で今まで見下されていた事については、非常に屈辱的で憤懣やる方ないが。

それ以上に、あの恐るべき彼女をそのように解釈していた彼らの浅はかさに、最早呆れを通り越し、逆に可愛げすら覚えてしまう。

「俺達の眼が節穴だと？」

「ああ、まだここに来て二週間の俺はともかくとして、まさか一年以上在籍している竜姫を、そのように捉えていたとは」

見下す筈が、何故か見下されている現状に理解出来ず、困惑してしまう陽太。

その目の前で、ようやく笑いが収まったかと思えば、今度はやけに深刻そうな表情を猫丸は見せ。

「アイツはそんな人間じゃない。もっと邪悪で、もっと脅威で、もっと恐ろしい存在なんだ……」

「ハ、ハア……」

(何言ってんだ、コイツ……?)

その呟きに、陽太は更に困惑を重ねてしまう事となった。

彼がその言葉の意味に気付く事はない。

何故なら、その意味を知っているのは当人だけであり、その当人ですら本当の意味には気付けていないのだから。

しかしながら、猫丸はそんな事など露知らず。

(しかし、どうしたものか。連絡先をゲット出来たまではいいものの、ここから先どう発展させれば……)

再びスマホの画面を食い入るように見詰め、その新たな障壁を前に悩みを深めていた。

どうすれば更に情報を得られるのか。

いくらラインを入手出来たとしても、こういった手段で得られる情報の量と質には限度がある。

たとえさり気なく深いところまで詰め寄ったとしても、彼女が本気で隠そうとしているモノまでは辿り着けないだろう。

そもそも、こういった日常会話にすらよく分からない単語を織り交ぜてくるのだ。大事な話までこんな調子で遣り取りされてしまっては、流石にお手上げモノだ。

「どうすれば直接、アイツと二人きりで話が出来る機会を得られるものか……」

「なあ黒木、コイツはどういう事だ？」

それは、四限までのテストが一通り終わりを迎えた後の事。

テスト期間は午後の授業が無い為、ホームルーム終了後このまま真っ直ぐ屋敷に帰ろうと荷物をまとめていた時。

クラスメイト達が続々と教室を後にしていく中、一人職員室に呼ばれた猫丸は、その呼び出し人である一人の教師、同時に自分の担任でもある女性にガンを飛ばされていた。

「はあ、どういう事と言いますと？」

「恍けるんじゃないぞ小僧。コレだコレ、この点数はどういう事だって訊いてるんだ」

素知らぬ顔を貫く猫丸に、担任の教師はとある二枚の紙を叩き付ける。

一見普通のプリントだが、その二枚には共通した点が幾つも存在した。

共に、赤と黒の文字が紙面に記述されていた点。

共に、猫丸のフルネームが紙面の最上部にあるスペースに直筆されていた点。

共に、計十個の問題が並んでおり、その横それぞれに解答欄が用意されていた点。

そして共に、内一つの欄には○、それ以外には×が並び、名前の右隣に堂々と深紅の『1』が残されていた点。

「どうって、見たまんまですが」

「開き直るなバカもん！」

淡々と返事する猫丸に、教師はここが職員室である事を忘れ、怒号した。

「小テストがこのザマとは一体どういう事だ。黒木、キミは編入試験を満点でこの高校に入った筈だろう？　それなのに、何故この古文の小テストで1点なんて数字を取るんだ？」

突然叫んだ事でどよめく周囲に一旦頭を下げた後、教師はため息交じりにそう訊ねる。

が、それでも猫丸の口からスッキリとした返答が出る事はなかった。

教師の言う通り、猫丸はこの彩鳳に転入する際、編入試験で満点という輝かしい成績と共にこの場所に足を踏み入れている。

しかしそれは、猫丸の養父である寅彦と、その旧友である元・殺し屋の校長によって偽造られたパスポート。

当然、猫丸は編入試験など受けていないし、その結果も全て嘘偽りである。

「なあ黒木、私の授業はつまらんか？」

「い、いいえ、そういう訳では……」

教師の問いに対し否定の姿勢を見せる猫丸。

つまらない訳がない。そもそも、ここに来てから一度もまともに授業に耳を傾けていないのだから、つまらないどうこう以前に評価する事自体不可能な話なのだ。

（ずっと奴の観察に時間を費やしていたからな……）

だが、それでも猫丸の活動に支障を来す程の弊害はない。

たとえ授業を聞いていなかったとしても、ほとんどの科目がこれまでの殺し屋生活で培った知識や経験で補える範囲にあり、今週から始まった中間テストでも余裕で高得点を叩き出せるまでに至っていた。

ただし、古文を除いて……。

「私はこれでも、人より生徒を見ていると自負している。キミが授業ではなく、ずっと他の事に気を取られていた事くらい、とっくに気付いていたさ。勿論、それが一体何なのかは知らないし、私の授業より大事な事なら無理に止めようとも思わない」

「…………」

その場で猫丸に小テストを返却するなり、教師はその言葉を真に受け止めてもらいたいと願いながら、

「明日、古文のテストが存在するのは知っているな？　ウチでは赤点を取った者に、放課後必ず補習を受けてもらうシステムが存在する。それが嫌なら、今日一日必死に勉強して、恥ずかしくない点数を取ればいい。無論、他の教科にも言える事だがな」

優しく微笑んで、声は軽く、されど想いは強く込め、そう語り掛けた。

自信の不甲斐ない結果の刻まれたプリント達を握り、猫丸は目の前に座る教師と目を合わせる。

「先生……」

なんの混じり気のない、生徒に寄り添い、生徒を想う、一人の教師としての熱く真っ直ぐな言葉。

そんな心からの叫びは、猫丸のその冷めきった胸に……、

（補習か……――まあ別に構わないか。帰りが遅くなる程度で、それが仕事に影響が出るかと言われればそんな事もないし）

全く響いていなかった。

たとえどんな恥や敗北を表社会に残したところで、猫丸にとっては痛くも痒くもない。

仕事を果たしてしまえばこんな場所とはおさらばするのだし、どれだけの汚点を刻んだところでそれが彼の人生に影響を及ぼす事などこれっぽっちもないのだ。

「じゃあ俺はこれで」

「おう！　ちゃんと家でも勉強すんだぞー」

ようやく面倒から解放されるという想いを胸に隠し、猫丸は教師からの声援を背に受けたまま職員室を後にした。

扉を閉めた後、手に残されたプリント達をもう一度広げ、

「こんなもの、一体何の役に立つのやら」

鼻で笑うと同時に、そのままポケットの中へと突っ込もうとした——その時。

「情けないものだなブラックキャット。貴様それでも我が輩(ともがら)か？」

「た、竜姫!?　それに咬狛まで……」

すぐ近くから聞こえた声の方を振り向くと、そこには猫丸(こちら)を見ながらやれやれとばかりにため息を吐(つ)く紅音と、苦笑する九十九の姿があった。

「眼前の過ちから目を背け、立ち止まる事を潔しとするとは。まったく、呆(あき)れて物も言えんな」

ここぞとばかりに捲(まく)し立てる紅音。

その内容から、先程の小テストの結果を見られ、馬鹿にされているのだと分かった猫丸

は慌てて反論に移ると。

「そ、そういうお前はどうなんだ？　そこまで言うくらいだ、俺より高い点数は取ってるんだろうな⁉」

「む、むむ無論だ。この私を誰と心得る？　天から奈落を掌握し、古往今来を司る全能神すら恐れ慄き、崇め讃える超越者――レッドドラゴンだぞ！　か、かような古代文字の解読ごとき……」

「しっかり0点取って翼先生に怒られてましたけどね」

紅音が言い切る前に、九十九があっさりと告白した。

驚く猫丸と紅音。互いに目を見張り、その衝撃的発言を前に動揺を顕にする。

「れ、0点⁉」

「コ、コマコマ‼　何言って……」

「だって本当の事じゃないですか。というか、紅音はいい加減ちゃんと自分の成績と向き合うべきだと思いますよ。今回だって、現代文以外悲惨な結果に終わりそうなんでしょ？」

ぐうの音も出ない様子の紅音。

その姿から、どうやら真実である事を猫丸は悟り。

「0点って……。0点ってお前、マジか……」

「うう……、や、止めろぉ……。そんな路傍で踏み潰されたケルベロスのフンを見るような眼で私を見るなぁ……。貴様こそ1点の分際で……！」

「何を言っている。0と1は違うんだぞ。やれやれ、まさかこんなところにお前に勝てるヒントが隠されていたとはな」

「ブ、ブラックキャットォ――!!」

「盛り上がっているところすみませんが、二人共見るに堪えない結果なのは同じですよ。今貴方がたのされている争いは底辺に位置しているという事を、自覚してください」

「「ハ、ハイ……」」

熱くなる二人を静めるように、九十九が冷淡に事実を言い放つ。

思った以上に心にきたのか、猫丸達は二人揃って俯いてしまい、そのままシュンとしてしまう。

すると、それを見兼ねた九十九が突然パンッと手を叩いて。

「そうだ！　折角ですし、明日のテストに向けて勉強会を開きませんか？」

「「勉強会？」」

首を傾げる二人に、九十九は「ハイ！」と元気よく返事する。

（勉強会か……。別にその必要はないんだが、竜姫を観察出来る機会が増えるのは願ったり叶ったりだな）

突然の提案に一瞬動揺こそしたものの、すぐさまプラスに捉えた猫丸は頷くなり。

「いいだろう。ただし、竜姫も一緒でないのなら俺は絶対に行かんぞ」

「わ、私も⁉　いやまあ、コマコマの提案だし、ブラックキャットがそう言うのであれば私もやぶさかではないが……」

「決まりですね！」

トントン拍子に予定が決まり、赤くなっていく顔を伏せたままもじもじする紅音の横で、九十九は満面の笑みを浮かべる。

（場所は図書館か、どこか適当なカフェといったところか）

廊下に置いていたカバンを手に取り、開催地に相応しい場所はないかと、猫丸がスマホで調べようとした矢先。

「あっ、そうそう」と、九十九が言い忘れていたとばかりに続けて。

「ちなみに場所は紅音のお家で」

「「……………え？」」

◇

一体どうしてこうなった。それがここに来るまでに抱いた、猫丸の疑問であった。

半ば強引に九十九に誘われ、案内されるがままに連れてこられ、勉強会の会場として着いた場所は標的（ターゲット）の本拠地――紅音の部屋。

まさか自分が、紅竜（レッドドラゴン）が拠点とする場所に訪れる日が来ようとは。

最初は大いに混乱したが、時間が経（た）つ毎（ごと）に少しずつ好機と捉えるようになった。

これはまたとないチャンスだ！　この機会に、紅竜（レッドドラゴン）に関する情報を奴（やつ）の縄張りから盗み取ってやる。

校舎を抜け、暫（しばら）く歩いて伝説の殺し屋の住処（すみか）にしては意外にも質素な一軒家に到着した後。玄関を通り、階段を上がり、期待に胸を膨らませながら、部屋の扉の前で猫丸はそんな事を企てていた。


しかし、実際に飛び込んできたのは、想像の域を遥（はる）かに超えたものだった。


「さあ、入るがいい」

扉が開けられた瞬間、その一室を一言で表すなら『異世界』が的確だろう。

甘い匂いに迎えられると共にまず目に入ったのは、ベッドに堂々と丸く横たわっている、尻尾を伸ばせばその大きさは優に2メートルはあるであろう巨大なトカゲに翼と角が生えたような、赤い生き物。

否、生物ではない。一見百獣の王すら圧倒する生気に満ち溢（あふ）れた様をしているが、その布地のような肌から察するに、アレは人形だろう。

（何故あんなものが殺し屋の部屋に？　しかもあんな巨大な……）

次に着目したのは、壁に立て掛けられた漆黒の剣と、先端に紅い宝石のようなものが埋め込まれた杖だ。

どちらも裏社会では出回っていない一品。きっと相当に希少なのだろう。

派手な装飾がこちらの眼を引き、異様なオーラがそれらから止め処なく感じられる。

（なんて禍々しい……。まさか両腕以外に、あんな恐ろしい凶器を所持していたとは）

更に辺りを見渡してみると、勉強机には水晶で出来た怪しげなドクロ。その隣のチェスト上にはベッドで眠っているそれと同様に布地のような肌をした、顔の彫られたカボチャや下肢のない白い化け物など異形の生物がズラリと並んでおり。閉じれば完全に外からの白光を遮断するであろう派手なフリルで装飾された漆黒のカーテンが、窓にその姿を見せる事を許している。

他にも、紅音の身長程はあろう本棚が学問とは全く関係のなさそうな謎の書物で埋め尽くされ、部屋の中心部には楕円形の黒いローテーブルが置かれており。

その下に敷かれたラグには、何やら未知の文字で意味深な陣が描かれていた。

「コイツは……とんでもないな」

情報の大海原を目の当たりにし、猫丸はつい感嘆の声を洩らしてしまう。

異様にして、異状にして、異常。とにかく世の常識とは明らかに異なった空間が、そこに構築されていた。

そんな摩訶不思議とも言える光景に気圧された猫丸が固唾を呑んで固まる中、部屋の主である紅音と九十九は慣れたようにその中へと足を進ませる。

「どうしたブラックキャット？　フフ、案ずるな。『結界』は既に解いてある」

「け、結界⁉」

「黒木さん、心配しなくていいですよ。普通に入れますから」

「そう……なのか？　……分かった、邪魔するぞ」

九十九の言葉に従い、猫丸もようやく入室する。

カバンを置き、ローテーブルの側に腰を下ろしてからもキョロキョロと辺りを見渡していると、その間に紅音と九十九の二人が退室し、一階から菓子とコップに入った麦茶をトレイで運びながら戻ってくる。

滞りなく準備が進むと、テーブルを囲うように三人は座り、一斉に教材をその上に用意して。

「それじゃ、早速勉強会の方を始めましょうか――！」

――紙の捲られる音とペンの走り声が合唱する。

テーブルの中央には菓子盆が置かれ、そこから三方に広がって猫丸・紅音・九十九が正座の状態で勉強を始めていた。

当然、猫丸だけはそのフリであり、猫丸は授業の時と同じように、右手にペン（隠しナイフ）を握り、課題である古典の教科書とノート、参考書を開いて真面目に取り組んでいる姿を装いながら、目の前の紅音を観察する。

「違いますよ紅音、ここの『たり』は体言に付随しているので『断定』。『完了』はその前に連用形が続いてないと」

「だ、だんてい……？　たいげん、れん……よう……？」

九十九に教わりながら、なんとか問題に向き合おうとはしているものの、理解が全く追い付かず今にも頭がパンクしそうな紅音。

（まったく、あれだけ見栄（みえ）を張っておきながらこのザマとは。なんて情けない女か……）

「黒木さん、その『影』はそのままの意味ではなく、『光』とか『姿・形』って意味です」

「ひ、光!?　ちょっと待て、なんでそんな逆の意味が……」

他人事（ひとごと）のように見ていると、九十九からの指摘が入った事で猫丸も一気に参加者へと戻される。

焦った様子で参考書に目を遣（や）るが、相変わらず意味が分からない。

何故昔の人間はこんな回りくどい文章で遣り取りを交わしていたのか。

何故そんなモノを理解する為、現代人の我々がこうして頭を悩ませなくてはいけないのか。

考えれば考える程、猫丸は苛立ちを募らせてしまうばかり。

とうとう二人の手が止まり、『う〜ん』という唸り声だけがただただ交差してしまう。

そんな二人の苦悩する姿を側で見ていた九十九も、一旦自分の手を止めると。

「それにしても意外ですね。黒木さんって他の教科は軒並み得意そうなのに、古文だけはダメダメなんて」

「ダメとかじゃない。俺はこの古文とやらに必要性を微塵も感じないだけだ」

その質問に対し、猫丸は今凝視していた参考書を手に取るなり、開かれたページの部分を何度も叩いて。

「よく考えてみろ。こんな既に使われなくなった言語を学んだところで一体何になる？現代文や英語という今も尚使用されている分野だけでなく、何故廃れ切ったモノにまで手を伸ばさなければならない？　こんなモノよりも、中国語やロシア語といった第二外国語を学んだ方がまだ有意義だ」

必死にその必要性に対し、異議を唱え続けた。

基本的に呑み込みは早い方の猫丸だが、何でもかんでも受け入れる訳ではない。

好きか嫌いかで人がその分野に対する興味や姿勢が分かれるのと同じく、それが果たして今、そして今後の自分にとって必要か否かで、猫丸の中にあるその差は大きくかけ離れていた。

（この人は自分の置かれている現状を理解しているんでしょうか……）

猫丸の無意味な訴えを前に、九十九がやれやれとばかりにため息を吐いた、その時。

「その通りだブラックキャット！」

すぐ近くで、その賛同者が声を上げだした。

「そう！　刻下という時を生きる我々が、かような古代文字に支配されるような事があってはいけないのだ！　算術もそう！　何故我々の進むべき未来を、白紙に鎖されたアポロンの矢に委ねなくてはならん！　漆黒の軌跡を辿ったところで、その先に待つのは破滅だけ。ならば我々が新しい道を切り開き、神々では決して届かぬ高みへと突き進むべきだろう！　貴様もそう思わんか、ブラックキャット！」

「いや、数学は必要だろう」

紅音の言葉を、猫丸は無慈悲に一蹴した。

その言葉通り、彼にとって数学とは必要不可欠な存在であった。

射撃時の発射角速算や、敵からの射撃回避時の幾何学的安全地帯の割り出しなど、数学と殺しは意外と密接な関係にある。

猫丸も幼少の頃は数学と英語を優先的に学んでいた。

同調が返ってくるかと思いきや、予想外の返答がきた事に紅音は驚愕（きょうがく）すると。

「んなっ、まさか裏切るとは……!?」

「俺がいつお前の味方になった」

「まったく二人共、我が儘（わがまま）言わないでください。そんな事したって古典のテストは無くなりませんし、紅音も数学から逃げちゃダメですよ。明日はベクトルのテストも控えているんですから、後でそっちも勉強しましょ」

「うえ〜〜……」


――それから滞りなく勉強会は進み、開始から一時間が経過した頃。

「……済まないが、手洗いを借りてもいいか？」

猫丸は一度ペンを止め、二人にトイレ休憩を要求する。

「構わぬが……しかしここは魔と竜の蔓延（はびこ）るダンジョンにして我が居城。果たして無事に辿（たど）り着けるかどうか……」

「ど、どういう意味だ？」

了承するや否や、紅音が突然意味深な忠告をし、猫丸は咄嗟（とっさ）に身構えてしまう。

「そこに行き着くには幾つもの罠（わな）を越えねばならん。まずここから下界に降りる際に、無数のグングニルの槍（やり）が貴様を貫きに襲い掛かる。たとえそれを越えたとしても、我が異類異形の眷属(けんぞく)達が貴様の進行を阻みに動き、貴様はそれらを掻(か)い潜りながら千ある扉から真のゲートを見付けなくてはならない。更には——！」

「あっ、普通に行って大丈夫ですから。アレでしたら、私がそこまで案内しましょうか？」

紅音の語りが止まらなくなった事を察知し、九十九がトイレまでの案内係を名乗り出た。

罠の内容云々(うんぬん)が気になるところではあるが、流石の紅音も友人を巻き込むような真似(まね)はしないだろうと考え、猫丸は九十九に「頼む」と返す。

立ち上がるなり、二人は部屋を後にすると、階段を降り、一応罠を警戒する猫丸を九十九が先導していく。

特にアクシデントも無く目的地に到着すると、九十九はUターンして階段を登っていき、猫丸はドアノブに手を掛けその中へと入る。

芳香剤のフローラルな香りが鼻腔(びこう)を擽(くすぐ)る中、猫丸はそのまま便器へと腰を下ろ……——

「ハアッ……ハアッ……」

——すのではなく、力尽きるようにその場にへたり込んだ。

荒い呼吸が彼の消耗具合を鮮明に伝える。

シャツの袖を捲(まく)ると、腕にはハッキリと鳥肌が立っており、小刻みに震えているのが見て分かった。

「クソッ！　情けない……」

その狭い空間で一人、恐怖に怯(おび)える己に対し厳しく叱責する猫丸。

原因は分かっている。先程まで自分は紅音の部屋――そう、標的(ターゲット)の領域(テリトリー)に留(とど)まっていたのだから。

「まだほんの一時間……。あの伝説の殺し屋の部屋といえ、咬狛も一緒に居てこのザマとは」

警戒を気取られぬよう、顔だけは必死に崩さず保っていたが、体の方が先に限界を迎えようとしていた。

殺し屋といえ、人より強く育ったといえ、猫丸もまた人の子。

自分より強い相手が目の前に居るのは恐(こわ)いし、見た事のない・知らない・分からないものに囲まれるのも当然怖い。

あの空間には、それら全てが揃(そろ)っていた。

自分では到底敵(かな)わないであろう最強の殺し屋。そして、おそらく中に何か途轍(とてつ)もない兵器が隠されているであろう巨大なぬいぐるみに、裏社会では目にした事のない謎の武器。

明らかにインテリア目的ではない、何か仕掛けが隠されているに違いない無数のアンティークなど、それらに限界まで神経を尖(とが)らせざるを得なかった。

「その結果がコレとはな……。本当、我ながら情けない限りだ」

部屋に撒(ま)かれていた甘い匂いも、今ここに漂っている香りも何かの化学兵器なのではとつい疑って掛かってしまう。

『チャンスだ！』と息巻いていた、ここに来るまでの自分を殴ってやりたい。

相手が相手とはいえ、まさか自分がここまで臆病になっていたとは。

「こんなんじゃダメだ。こんなんじゃ……──」


──それは、今朝に遡る。

あの生意気口調の軽薄そうな男、猿川陽太という男が話し掛けてきた時の事だ。

『どうすれば直接、アイツと二人きりで話が出来る機会を得られるものか……』

色々とまた難航し、思わず悩みを吐露してしまった際、それを耳にした陽太がなんとなしに呟いた。

『フツーにデートに誘えやいいんじゃね？』

『デート？』

至極単純で簡単な答えだった。

が、猫丸にとって、それは無意識の内に切り離してしまっていた選択肢の一つだ。

（デートか。フム、その発想は無かったな……）

間違いなくハードルは高い。

向こうが拒否してくる可能性もあるが、もし承諾してくれたらくれたで問題は山積みだ。

第一、あの女と二人きりで居て、無事で居られる保証は……。

（いや、それは俺の立ち回り次第か）

『うむ、悪くない案だ。感謝するぞ、猿川』

『お、おう。どういたしまして……』


「問題は——いつ誘うのが最適か、だな」

少し時間を置いたおかげで落ち着きを取り戻してきた猫丸。

ようやく震えも収まり、頭も次の事を考えられるようになってきた。

もう少しだけ休みたいところではあるが、長居するとこちらが戻ってこない事を不審に思われる恐れもある。

猫丸はゆっくりと立ち上がると、尻に付いた埃（ほこり）を手で払い。

「いつになるのかは不明だが、決行日にはあの女と一対一になるんだ。この程度で平静さを保てないようでは、本番に臨めん」

ドアノブに手を掛け、捻（ひね）ると共にその戸を押していき、

「ここが正念場だぞ、黒猫（ブラックキャット）！」

今度は逃げぬよう、己を奮起させながら部屋へと戻っていった。

◇

その後、一時間おきに紅音が力尽きる事件を除き、特に目立ったトラブルもなく無事に勉強会から帰宅した猫丸。

既に時刻は午後六時を迎えており、自室への扉を開くと先程まで居た紅音の部屋とは対極と言ってもいい、寝具が一式揃(そろ)えられたベッドと机と椅子、そしてパソコンが一台という簡素極まりない空間が視界の先に現れた。

見慣れた部屋に落ち着きを抱くと、猫丸は入室と同時に扉を閉め、スイッチを入れる事で室内を明るくする。

流れるようにカバンを机に置き、ネクタイを椅子に向かって投げ、重力に任せるようにその体を掛け布団の敷かれたベッドに放ると。

「戻ってきた……。そうか、戻ってこれたんだな」

小さなため息を吐(つ)くと共に、確かな安堵(あんど)を実感した。

自分は帰ってきたのだ。あの女の、紅竜(レッドドラゴン)の縄張りから無事に帰還する事が出来たのだ。

「フフフ、なんだか嘘(うそ)みたいだな」

銃器を構えた刺客百人に一斉に囲まれた時よりも。潜伏していたビルが突如として倒壊し、瓦礫の下で三日間飲まず食わずで耐え忍んだ時よりも。

あの空間で過ごしたたった数時間は、今までとは比較にならない程の緊張を覚えた。

おそらく今後の人生で、これ以上の危険地帯に足を踏み入れる事はないだろう。

そう思ってしまう程に、猫丸はあの中で死を全身に感じていたのだった。

「今日はもう疲れたな……」

布団に顔を埋めたまま、そう呟く猫丸。

もうこのまま眠ってしまおうかと、ゆっくりと瞼を閉じながら今日一日の出来事を回想していると。

『私はこれでも、人より生徒を見ていると自負している』

「…………」

ふと、職員室での遣り取りが頭を過る。

『キミが授業ではなく、ずっと他の事に気を取られていた事くらい、とっくに気付いていたさ』

「完璧に装っていたつもりだったが、まさか見抜かれていたとはな」

それは自身が苦手とする古文の担当教員でもあり、自身が所属するクラスの担任教師の言葉。

「もっと自然体で観察を……いや、どれだけ演技を改善したところで、試験で悪い点を取ってしまえばより強く教師から疑いの眼(め)を向けられてしまう。そうなると元も子もない、か」

猫丸は考える。勉強会で古文は九十九からみっちり教えてもらったが、紅音の部屋という特殊な環境に集中力を奪われ、正直何も頭に入っていない。

今のままテストに臨めば赤点は必至だろう。

別にそれでもいい。それでも全然問題はないが……。

「別に補習を受けるくらい構わないが、これ以上注目されない為(ため)にもそこそこの点数を取っておくに越したことはないな。よしっ――！」

今後の仕事への影響を考慮し、猫丸は決断と同時に意識を覚醒させた。

脱力し切った体にもう一度力を注ぎ、ガバッと勢いよく上体を起こすと、そのまま机へと向かっていき……――

――既に日にちは移り変わり、時刻は午前1時。

深い夜闇が街を覆い、段々と家屋の光も消えていく中。

外も内も真黒に染まった筈(はず)の彩鳳高校に、一匹の泥棒猫が迷い込もうとしていた。

「さてと、職員室は二階だったな」

泥棒猫の正体は猫丸だった。

軽快さを重視したスニーキングスーツを身に纏い、闇に紛れて一階の窓から校内に侵入し、防犯カメラや徘徊する警備員に細心の注意を払いながら目的地を目指し走っていく。

何故こんな事をしているのか。

理由は明日——もとい、今日行われる予定の古文テストである。

赤点を回避、同時に担任教師から注意を向けられるのを避ける為、猫丸はテストの問題用紙と解答用紙を盗もうとしていたのであった。

ただ点数を取るだけなら、勉強などする必要はない。

その場凌ぎの為だけに、意味がないと分かっている分野の分からない問題対策に時間を割くくらいなら、直接問題と答えを入手した方が確実な上、合理的だ。

そう、これはなにもただ勉強するのが面倒くさくて、楽をしたいからこのような犯行に走った訳ではない。

これが最善だと思ったから。このミッションを達成した状態でテストに臨んだ方が教師からの評価も上がる上、程よい運動にもなって一石二鳥だ。

と、そう本気で思って、この男は行動しているのである。

階段を駆け上がり、尚も周囲を警戒しながら真っ暗な廊下を突き進む猫丸。

「ここだな……」

扉の前で立ち止まると、ポーチから潜入用のマスターキーを手に取り、それを鍵穴へと挿し込んだ。

解錠した事を確認すると鍵をポーチに戻し、音を立てぬようゆっくりと扉を開けていくと、その先には昼に一度見たものと同じ景色が続いていた。

否、同じではない。深夜という事もあり、そこは手前に並べられた机すら見えない程に真っ暗で、半日前まで忙しくしていた教師達の姿は一人も無かった。

(同じ職員室でも、やはり昼と夜では見せる顔も違うか)

そんな分かり切った事を思いつつ猫丸はそこに足を踏み入れると同時に扉を閉め、記憶を頼りに担任教師の机へと向かっていく。

足元も確認出来ない中でなんとか目的の地点まで辿り着き、これから獲物である書類を見つけ出そうとしていた——その時だった。

「成程、考える事は同じという訳か」

「⁉⁉」

突然、風の吹く音と共に聞き慣れた声が耳に入ってきた。

驚いた猫丸はすかさずその場を離れ、急いでナイフと拳銃を声の聞こえた先の窓に向かって構えると……。

「同じ刻、同じ闇の許、共に卑しき悪魔に堕ちようとは。流石は我と同じ闇に生きる者といったところだな――ブラックキャットよ」

開放された窓に佇む一つの人影。夜空を背に構え、後ろに纏めた黒髪を夜風に靡かせ、漆黒のラバースーツで身を包んだ紅音の堂々たる姿がそこにあった。

まさかの遭遇に目を丸くし、頭が混乱してしまった猫丸は訊ねる。

「た、竜姫!?　何故お前が……こんなところに!?」

「何故？　フフフ、無粋な事を訊く。かような場所に居るのだ、目的は一つであろう？」

それを聞いた瞬間、猫丸はハッとする。

「まさか……、お前も古文のテストを狙って？」

「フッ、私がその程度で満足するとでも？　……全てだ。私は残りの全てを手に入れる為、ここに参上した」

「強欲過ぎるだろ！」

不敵な笑みを浮かべ、その意志の強さを表明するように拳を力強く握る紅音。

想定外の答えが返ってきた事に猫丸は思わずツッコむと、大きくため息を吐くと共に頭を掻いて。

「何をやってるんだお前は。何故その行動力を勉強に活かそうとしない。何故そこまでして点を取ろうとする。卑怯だとは思わないのか？」

「す、好き放題言ってくれるが！　お主も人の事は言えぬのではないか⁉」

そう言うと、紅音はようやく窓枠から降り、床に着地するなり猫丸の許へと近付いていき。

「気にするでない。何も貴様を邪魔立てしようという訳ではないのだ。共に咎(とが)を背負う者同士、ここは協力し合おうではないか」

真(ま)っ直(す)ぐな眼を向けたまま、そう言った。

その言葉に、猫丸も暫(しばら)く考え込んだ後。

「……分かった。今だけ俺達は運命共同体だ」

「やった！」

武器を下ろし、手を取り合う事を了解した。

目的は合致している。今は特に争う必要はない。最優先すべきは問題と解答の奪取！

「古文ならすぐそこの机に隠されている筈だ」

「ほほう、流石はブラックキャット。迅速な仕事ぶりだな」

協力関係を結ぶや否や、二人は一緒に教師の机を漁(あさ)り始める。

机上に積み重ねられた書類の束や、引き出しから出てきたプリント達を次々手に取っていき、暗闇の中でそれら一枚一枚に目を凝らす事で確認していく。

「分かっていると思うが、ライトは使うなよ。外に明かりが漏れると厄介だ」

「フッ、無用な心配をする暇があるなら、さっさと手を動かす事だな」

（んなっ！　こ、この女……！）

忠告してやったつもりが、生意気な返答がきた事に苛立ちを抱く猫丸。

言われなくてもと思いつつ手元の書類に目を通していくが、テキパキと働く紅音と比較し、些か苦戦している様子だった。

今宵は新月。街の灯りが零れる事はなく、星も雲の悪戯によりその顔を見せない。

一切の光が遮断されたその世界で紙に記載された文字を読む事は、普通の人間よりも猫丸にとって難儀であった。

（皮肉なものだな。闇の世界を生きる俺が、闇を不得手としてしまうとは……）

「クソッ、右眼が疼く……」

「!!」

自身の欠点を嘆くように、猫丸がボソッと呟いた。

するとその後ろで、何故か紅音が猫丸を見詰めながら、何とも言えぬ感じに顔をニマニマさせ。

「どうした？」

「う、ううん……その、どうして貴様はいつも……か、カッコイイ……ハッ！　いや、そのっ……、なんでもない！」

「？？？」

当然言っている意味が理解出来ず、猫丸は首を傾（かし）げてしまう。

――それから暫くして。

紅音が目的の品である、二種類のプリントを発見する。

「コレだ！」

「よくやったぞ竜姫！」

「うむ！　しかしこの後はどうする？　持ち帰ったらバレてしまうだろう……？」

「写真を撮っておけばいい。スマホを起動させてしまう事になるが、机の下を物陰にし、光を通さぬよう細心の注意を払って行えば問題ないだろう」

「成程。ではブラックキャット、撮影は貴様に任せる。写し絵は『翠緑（すいりょく）の結糸（ゆいと）』を経由してこちらに送ってくれればよい」

「了解した。竜姫は周囲を警戒しといてくれ」

役割を分担し、紅音が立ち上がって職員室全体を見張る中、その足元で猫丸は件（くだん）の書類をスマホのカメラで撮影していく。

全て撮り終えると書類を全て元の位置に戻し。

「よしっ、これでミッションコンプリートだな」

「いいやまだだ。まだ第一関門を突破したに過ぎない」

「お前……、本気で全部盗るつもりだったのか」

すぐさま次のテスト用紙を盗もうと動く紅音に、猫丸は呆れたとばかりに呟く。

「無論だ。言っておくが、貴様にも協力してもらうからな」

「ハアッ!?　な、何で？」

「当然であろう。そいつはこの私の助力なくして得られた成果であろう。今度は貴様が私に助力する番だ」

「いや、古文は互いに求めていた獲物だったから一時的に協力しただけであって、別に最後まで付き合うつもりは……。そもそも、他の教科の担任の席がどこにあるか頭に入っているのか？」

すると、紅音は少し気まずそうに眼を逸らし。

「えーっと……実は、それを探すところから」

「んなっ……！」

なんて無計画な。

驚きのあまり、声が出なくなってしまう猫丸。

一つの机からお目当ての紙一枚見付けるのも一苦労だというのに、まずその隠し場所から探すとなると途方もない時間が掛かる事になる。

それに、万が一警備員が入ってきたらどうするのか。

不用心に室内を散策し始める紅音の姿を横目に、猫丸は眉を顰めたまま固まって。

（まったく、楽天的というか、不撓というか……——……ん？　待てよ？）

ふと、疑問が浮かんだ。その答えを確かめる為、猫丸は紅音に訊ねる。

「そういえばお前、どうやってここまで来たんだ？」

「どうやって？　何を吐かすかと思えば、もう記憶を失ったのか？　窓から直接外界より出でたに決まっていよう」

一体どうやって二階の窓から現れたのか。それについても詳しく訊きたいところではあるが、一旦それは後に回して。

「そうじゃなくて、どうやって敷地内に侵入したんだと訊いているんだ」

再度訊ねる猫丸。

この時間帯なら正面入り口の校門は当然閉まっており、防犯カメラも常時作動している。

したがって、侵入を図るには校舎の敷地を囲う塀を越えるしかなく、その塀自体も高さは3メートルを優に超える。

猫丸の場合は、持ち前の高い身体能力で難なく飛び越える事が出来たが、ラバースーツでより強調された紅音の小柄で華奢な体格ではまず無理に近い。

（校門なら高さはそれ程でもないが、流石にそこを越えるのはリスキー過ぎる……）

「ああ、その事か。なに、コソコソ盗人のような狡すっからい真似はしたくなかったのでな……」

盗人の自分が何を吐かしてるんだと、猫丸が心の中でツッコんでいると。

思い出す素振りをした紅音は自分が現れた窓の方へと歩いていき、立ち止まると共に何故か誇らしげな表情でその先に向かって親指を指して。

「この通り、正面から堂々と来てやった！」

「………ハ？」

その言葉を聞き、猫丸は駆け足で紅音の許へ行く。

まさかと思い、焦った様子でその指の先に目を遣ると、そこには……。

不審者が侵入する際に使ったと思われる校門に立て掛けられた梯子と、それを警備員達が取り囲んでいる光景が。

「馬鹿かアアアアアアアアアアアア!?」

隠密で動いている事すら忘れ、思わず声を荒立ててしまう猫丸。

止め処ない怒りと焦燥が体の内から湧き上がり、隣で同じ景色を眺めていた紅音の方に振り返って。

「何て事をしてくれたんだお前は！　せっかく目的を達成し、後は逃げるだけだというのに！」

「だ、だって！　他に入れそうなところがなかったんだもん！」

「ふざけるな！　何故俺まで巻き込まれなくてはならない！」

「し、知らないよ！　こっちだって、まさか黒木君が来てるだなんて……。あっ、で、でも安心して！　ちゃんと侵入する時は顔隠してたし！」

「何故そこには気が回るのに、梯子を隠す事に頭を回せなかった⁉」

したり顔を見せ付ける紅音を前に、猫丸は頭を抱えたまま膝から崩れ落ちてしまう。

問答を繰り広げたところで時既に遅く、事態を不審に思った警備員達が校内になだれ込んでいる。

（いや落ち着け。こんな時こそ冷静になれ。侵入者が居る可能性に気付かれただけで、別に俺が見付かった訳ではないんだ。急いで逃げてしまえば問題は……——）

ここで幾ら紅音を非難したところで意味は無い。そう気付くなり、猫丸は頭をフルに回転させ、早急に脱出に移ろうとした——その時だった。

ガチャガチャという、扉の鍵が今にも開けられようとしている音が二人の耳に届いた。

◇

扉が解錠されると共に、ガラガラガラという音が暗闇に響き渡る。

「ったく、どこだ～不審者のヤローは～」

しんと静まった空間に足を踏み入れるなり、警備員は片手に持った懐中電灯をあちらこちらに向けながら捜索し始めた。

机や床、壁や天井に満月を想起させる光が照らされる。

そしてその光を眼で追い、不規則な足音を耳で捉えながら身を潜めている不届き者が二人。

「最悪だ……。まさかこんなアクシデントに見舞われるだなんて」

「絶体絶命というヤツだな、ブラックキャット」

「誰のせいだ、誰の！」

先程窃盗を働いた教師の机の下で、猫丸と紅音が小声で戯れる。

「んん？　なんだ？　誰か居んのか？」

すかさず警備員が懐中電灯を向けるが、二人の位置が明かりの範囲から外れていた事もあり、なんとか難を逃れる事に成功。

首の皮一枚繋がり、一瞬肝を冷やした猫丸だが、決して事態が好転した訳ではない。

警備員が入ってくる寸前、なんとか二人共机の下に潜り込む事に成功したが、そこは二人が身を隠すには少々狭過ぎた。

密着を余儀なくされ、体勢は猫丸がやや上体を起こす形で仰向けになり、その上に紅音が覆(おお)い被(かぶ)さる形となっている。

すぐ動くには最悪と言ってもいい状態。物音一つ立てない事すら、この窮屈な状態ではこの上なく難儀であった。

加えて、これまでとは比較にならない程の標的(ターゲット)との接近・密接。

暗闇の中、すぐ目と鼻の先に最強の殺し屋が居るという現況は、警備員に見付かるかもしれない焦りすら飲み込み。上書きされた恐怖は緊張を呼び、猫丸の心拍数をこれでもかとばかりに激しくくした。

余談ではあるが、恐怖から生まれし心音をトキメキと勘違いし、その場に居合わせた異性を強く意識してしまうという、何ともおめでたい説がこの世には存在する。

しかし、今の猫丸にそんな都合のいい勘違いが起こる筈(はず)もなく。真の意味で恋を知らぬ猫丸に、そのような過ちを犯す余裕は皆無なのであった。

「おい、もう少し呼吸を落ち着かせたらどうなんだ。気付かれるだろ！」

「しょ、しょうがないでしょ！　私だって、男の子とこんなに近付いたの……は、初めてだし……！」

何故か暗闇越しにも分かるくらいに顔を赤くし、息を荒くする紅音。

（まったく、何を動揺してるんだ……。らしくもない……）

「ん～、居ねェな～……」

不運とも言うべきか。更に難易度を上げるかの如く、警備員がゆっくりと接近してくる。

(マズい、このままではバレる！)

「ブラックキャット？　何を……ムグッ――!?」

足音が徐々に大きくなっていくのをいち早く察知した猫丸は、紅音の呼吸音が漏れるのを防ぐ為、その顔を胸に押し付けた。

突然顔を埋められた事に紅音は混乱し、更に呼吸を荒立ててしまう。

「～～～ッッッ!?」

「おいっ、大人しくしろ」

息苦しさのせいか、紅音の挙動が激しさを増す。

至近距離から熱を帯びた息を吹き掛けられ、その度に猫丸は背筋が凍る感覚に襲われてしまう。

(早く、早くどこか行ってくれ！)

すると、その願いが通じたのか、警備員の足音が小さくなっていくのが分かった。

扉の開閉音が聞こえない点からまだこの職員室に残っている事も判明しているものの、ほんの少し余裕が生まれた事で猫丸は僅かばかりの安堵を感じる。

「よし、行ったな」

「ケホッケホッ……。ブ、ブラックキャット！　貴様、よくもいきなりあんな真似を

「……――！」

猫丸の力が緩むと、紅音は瞬時に頭を離した。

「何を言ってる。お前の呼吸音を止める為だ。仕方ないだろう？」

「仕方ないって……。ま、まあ、そうかもしれないけど……、こっちにも心の準備ってものが……」

警備員に気付かれぬよう咳を最小限に抑えつつ、赤くなった顔を冷ましていると。

「ブラックキャット。コイツであのガーディアンの注意を引けないだろうか？」

偶然床に落ちていたそれを拾うなり、猫丸に見せ付けた。

「なんだ？」と思った猫丸はその小さな物体を受け取ると、その形と硬いとも柔いとも言い切れない触り心地から消しゴムと判断する。

「――！　成程。よしっ、任せろ」

「うむ！」

この時、本日二度目の協力関係を結んだ猫丸と紅音。

託されたそれを猫丸は握ったまま、物音を立てぬよう少しずつ机の下から抜け出していく。

完全に体が解放されると、その顔をひょっこりと机から現し、警備員が窓際に移動していく姿を確認。

（狙いは隅の窓……！）

気配を消し、得物の握られた右手を大きく振りかぶる猫丸。

側で紅音も見守る中、狙いを定め、力いっぱいに消しゴムを投擲すると。

「ん？　がっ……──！」

「「あっ」」

それは一直線に窓ではなく、警備員のこめかみに命中した。

消しゴムと一緒に懐中電灯が床に落下する。

めり込む程に勢いよく喰らった警備員はよろけると、そのまま崩れ落ちるように倒れ、気絶してしまった。

その一部始終を見ていた二人は……。

「よ、よし、今の内に脱出するぞ」

「う、うむ……」

その無残な光景から眼を逸らすように、そそくさとその場から走り去っていくのであった。

◇

その後、なんとか他の警備員に気付かれぬまま無事校舎を脱出し、敷地からある程度離れた地点で別れた猫丸と紅音。

屋敷に帰還した後、猫丸は職員室で撮影したプリントをラインで送信し、明日に備えそのまま床に就いた。

そして朝、運命の時は刻一刻と迫ってきて……。

「えー、昨夜ウチの校舎に不審者が現れたみたいなんで、皆も気を付けるようにー」

ホームルームが始まり、担任教師がクラスの生徒達に注意喚起を投げ掛ける。

教室が一斉にざわつく中、事件の全貌を知っていながら素知らぬフリを貫き通す猫丸。

「不審者ですって紅音。怖いですねー」

「フ、フフフ！　そのような不届きな連中、このレッドドラゴンが成敗してくれるわ！」

何故かよそよそしい反応を見せる紅音に、九十九は首を傾げる。

ホームルームが終わると、勝負の時はすぐにやってきた。

「一限は古文ですね。二人共、昨日の勉強会でやった事を思い出し、頑張ってくださいね！」

不安な面持ちを浮かべつつも、九十九は猫丸と紅音に激励の言葉を送る。

それを受け、二人は自信満々とばかりに胸を張り。

「心配は無用だコマコマ。今の私達に死角は無い。なあ？　ブラックキャット」

「ああ、その通りだ」

　無論、準備に抜かりはない。

　既にテストの内容は全て頭に入っており、これから行われるのは空欄に正解と分かっている解答を当て嵌めるだけの簡単なパズルだ。

　空欄のズレなど、つまらない凡ミスを犯さない限り、赤点回避は勿論、高得点の獲得も夢じゃないだろう。

　尚、紅音の場合、二限目以降のテストが悲惨な結果を迎えるのは言うまでもないが……。

　二人の得意げな顔を見て九十九は安心したように胸を撫で下ろすと、先程の教師が書類の束を抱えた状態で戻ってきた。

　生徒の全員が必要最低限の筆記用具を机に置いた状態で席に着くと、教師が各列の先頭に座る生徒達にプリントを二種類ずつ渡していく。

　後ろに回していく事で全員にそのプリントが行き届くと、問題用紙を裏面にしたままただ静かにその時を待った。

　そして数秒後、遂にチャイムは鳴って……。

「始め！」

　教師の合図と同時に、一斉に紙の裏返される音が生まれる。

　猫丸もそれに続いて、名前の記入欄に自身のフルネームを書き残し。

「さあ、やろうか」と、勝ち誇った眼でその問題を一瞥(いちべつ)すると……――

「……あれっ？」

思わず声を洩(も)らしてしまった。

何かの見間違いだろうと一旦眼を擦(こす)り、視界のハッキリした状態で再度問題に眼を通していく。

が、やはり幻覚は治らない。おかしいと思いつつ、何度も問題を凝視していると。

「先生！」

突然、隣から声が上がった。声の時点でその主が誰なのかは分かるが、一応横目で見てみると紅音が右手を真っ直(ま す)ぐ掲げていた。

「お～？　なんだー竜姫、便所かー？」

「否(いな)。そうではなく、問題が異なっている気がするのだが……」

どうやら、紅音(彼女)も同じ疑問を抱いていたらしい。

「ああ？　そんな事ないと思うが……」

「し、しかし！　私の記憶が正しければ、問題はこのような中身だった筈……」

そう言って、紅音は教師に自分が写真で見た問題の内容を伝えていく。

それを聞いた教師は頭上に疑問符を浮かべて、

「何でお前が一年の問題を知ってんだよ？」


そう告げた。

その瞬間、紅音と同時に猫丸の頭はフリーズする。

（い、一年……？　いや、確かに俺は写真に撮った筈……）

教師や周囲の生徒達にバレぬよう、猫丸はひっそりとスマホを起動し、夜に撮影したプリントを確認し始める。

画像を拡大する事で、注意深くその問題用紙の内容を観察していくと、1ページ目の右上の部分に小さく『一年生』の文字が。

（あ、あの女、間違えやがったな……！）

脳内で紅音が嬉々(きき)とした表情でそれを見せ付けてくる姿が蘇(よみがえ)る。

暗闇で仕方なかったといえ、まさかあそこでもやらかしていたとは。

猫丸(じぶん)も猫丸(じぶん)だ。何故(なぜ)あの時に確認を怠ったのか。

勝利を確信した事で慢心し、浮き足立ち、足を引っ張られている事実に気付かず、最後の最後で足を掬(すく)われるとは。

（こんな失態を犯すだなんて、殺し屋が聞いて呆(あき)れる……）

やり場のない怒りをただ一人抱え、そのまま撃沈してしまう猫丸。

この時、彼は悟った。あの時、夜の学校に忍び込む計画を企てていた時点で、自分は詰んでいたのだと。

教師に言われた通り、大人しく部屋で勉強していれば、こうはならなかったのではと

――

数日後。

テストが全て終了し、結果が返却されていく。

結論から言うと、猫丸と紅音は二人揃(そろ)って赤点を取っていた。

猫丸は古文のみ、紅音に至っては現代文を除いて全滅という、ある種分かり切った形に落ち着いていた。

古文の教師からはめっぽうキツく叱られた。

テストの問題と解答を盗んだ件についてではない。一瞬疑われこそしたものの、なんとか誤魔化(ごまか)す事には成功した。

『アレ程言ったのに！　私はお前を信じていたのに！』

まさか泣かれるとは思ってもみなかった。

結局、テストが返却されたその放課後。小一時間説教を受けてから、猫丸と紅音は二人仲良く補習を受ける羽目になったのであった。

ようやく解放された頃、空は既に黄昏(たそがれ)を迎えていた。

校門を抜け、並んで歩いていく二人の背中からは、充分にその疲弊っぷりを感じられる。

「うう、何故私がこんな目に……」

「それはこっちのセリフだ。ったく……」

隣を歩く紅音の弱った顔を見て、今なら殺(や)れるのではとも思ったが、今の猫丸(じぶん)にそんな気力と体力は残っていない。

今出来る事といえば、こうして彼女の横を歩きながら観察するくらい。

（そういえば、放課後にこうして二人で居るのは初めてだったな）

ふと、猫丸はそんな事を思い出す。

夜に偶々(たまたま)一緒に職員室に忍び込んだ件を除き、猫丸と紅音が二人きりで居るのは今回が初。

それ以外は基本九十九が彼女の側に付いていた為(ため)、例のない現象に猫丸は緊張を覚えていると。

（もしかして、今なら言えるんじゃないか？）

猫丸は考え込む。チャンスは今しかない。

この女に、あの要求を伝える機会は、今しか……！

「……竜姫！」

「む？　何だ？　ブラックキャット」

猫丸は足を止めると、紅音の名字を叫んだ。

突然呼び掛けられた事に、紅音は頭上に疑問符を浮かべて振り向くと。

「その、お前に訊きたい事があるんだが……」

「……！　き、奇遇だな。私も……その、訊きたい事があって……」

向かい合う両者。自分達以外誰一人歩行者の居ない歩道の真ん中で、二人は互いに眼を合わせる。

ほんの数秒間の静寂。しかし不思議な事に、その時間はあまりに長く感じられた。

このまま黙り込んでも仕方ない。行動を起こさない限り、次に移行する事は出来ないのだ。

そう意を決し、二人は遂に口を開く。

「「今週の日曜って……──」」

それは、猫丸が勉強会を一度離脱した時に始まった。

「——そう、そこで内積の公式を使って……」

「ええと……、こうでいい……のかな？」

古文を切り上げ、同日にテストを控えている数学の勉強をする紅音と九十九。

解き方を九十九に教えてもらいながら、紅音は教科書に記載された問題を一問一問解いていく。

「ハイッ！　よくできました」

「ふう……」

なんとか全問解き終えると紅音はテーブルに額をつけ、力尽きたようにぐったりする。

その姿を横に見ながら、九十九は冷蔵庫から持ってきたポットに入った麦茶を空のコップに注いで渡し。

「お疲れ様です、紅音。一度休憩を挟みましょうか」

「うん」

即答するや否や、紅音はそれを受け取って口に運ぶ。

中身を勢いよく飲み干し、プハ～ッと満足げな表情を浮かべていると。

「やっぱり緊張しますか？　黒木さんが一緒だと」

何の前触れもなく、九十九がそんな事を訊いた。

「んなっ⁉　そ、そんな訳……」

あまりにも突然な出来事だった為、紅音は一瞬戸惑うと。

「う、うん。やっぱり関門かな」

暫く黙り込んだのち、頬を紅潮させて頷く。

「そうですか」

その返答を受け、九十九が優しく微笑む。

紅音は手元にあるコップを両手で握ると、反射した自分の顔を見詰めたまま尚も続けた。

「黒……ブラックキャットと盟友の契りを交わしたし、コマコマのおかげで『翠緑の結糸』で一緒にお話しするところまで上手くいけた。そこまでは良かったんだ。……けど、あと一手。あと一手がどうしても足りない気がしてならなくて……」

「フム、成程～……」

その言葉を聞き、九十九は考え込む。

正直、友達になりたいだけならば、この時点で充分ミッションは達成している。

それでも足りないと思うのは、紅音(かのじょ)が無意識の内にそれを超えた関係を築きたいと考えているから。願っているから。願ってしまっているから。

「やっぱり、デートに誘うべきだと思いますよ」

「で、でででデートォ!?!?!?」

何気なく呟(つぶや)いた提案に、紅音が過剰な反応を見せる。

一段と真っ赤に染まるその顔と向き合いながら、九十九は更に続けて。

「ええ。なんだかんだ言って、男女の仲を深めるには結局一番の手ですし。ハードルこそ高いですが、それに見合うだけの見返りはあります。まあ、紅音の立ち回り次第なところはありますがね」

「…………」

思わず紅音は口籠る。

九十九の言葉は納得出来る。理解も出来る。

しかし、迷ってしまう自分が居る。怖がってしまう自分が居る。

もし仮に失敗したとして、彼の機嫌を損ねるような事をしたとして、もう取り返しのつかないところまで行ったとして、明日の自分は笑って彼の前に姿を現せるだろうか。

それ以前に、もし誘いを断られてしまったら、自分はその結果を何も言わず受け入れる事が出来るだろうか。

そんなネガティブな事ばかりが脳裏を過ってしまい、段々と不安が顔に表れてしまうと。

その気持ちを察したように、九十九がそっと手を握って。

「大丈夫、紅音ならきっとやり遂げられますよ」

「コマコマ……」

慈愛に満ちた眼差しと共に、そう告げてきた。

手の甲から伝わる柔らかな温もり。不安は少しずつ解消され、安心と勇気が漲ってくる。

ここに九十九が居てくれて良かったと、自分に親友が居てくれて良かったと、紅音は心の底からそう思った。

「ありがとうコマコマ。コマコマのおかげで、私もようやく決心がついた」

「そうですか。それは何よりです」

先程までとは一変し、自信に満ちた顔付きで応える紅音に、九十九も安堵を覚える。

どうやら、もう心配は無用らしい。

ゆっくりとその手が離されると、二人は勉強へと戻りながら話を続ける。

「とりあえず今週でテストも終わりますし、リフレッシュを理由に誘えば自然だと思いますよ。あっ、私の方からお願いしましょうか？」

「あ、いやっ！　大丈夫！　その、流石にこれ以上手伝ってもらうのは申し訳ないし……」

九十九の質問に対し、紅音は即答で返した。

一切の迷いのない様子から、彼女の本気が窺える。

紅音は理解していた。今回ばかりは九十九の手を借りる訳にはいかない。いつもみたく、九十九に甘える訳にはいかない。

「それに、これは私が……。私が自分で動かなきゃいけないんだから！」

そう、これは紅音の戦いなのだから——

✝第五章▲その時、猫は竜に敗北した✝

六月初旬、日曜日。

この日、猫丸はとある用事の為、外出の準備に勤しんでいた。

今日は約束の日。これから会う予定の少女と交わした契約を履行する日であり、自身の命運を左右する日でもある。

自室で一人、黙々と用意を進めていく猫丸。そして、その様子をドアの隙間から覗き見る寅彦と豹真。

「なあ豹真」

「なんでしょう？」

「ネコはデートに行くんだよな？」

「ハイ、そのように聞いております」

寅彦の問い掛けに豹真が頷く。

「じゃあなんで、アイツは今から戦争にでも行くような格好をしてるんだ？」

次の質問に対し、今度は「さあ？」と首を傾げる豹真。

それも当然な筈。彼らの視界に映る光景は、事前に聞いていた話とは全くそぐわないものだったから。

愛する息子（若殿）の話では、今日はクラスメイトの女子と一緒に出掛けてくるとの事だった。

が、今の当人の姿は防弾防刃に優れた仕事用のスーツを身に纏い、全身に武器という武器を装備した格好で。床やベッドの上には大量のライフルとランチャー、そしてそのケースが積まれている。

いよいよ我慢出来なくなり、寅彦は部屋に上がり込んで訊ねた。

「ヘイ息子よ。お前さん、まさかその格好で外に出るつもりじゃねェだろうな？」

「？　そのつもりだが」

さも当然のように真顔で返す猫丸。

それを聞いて、寅彦は頭を抱えると。

「バカヤロ――――!!」

一時間後。

場所は移り、札幌駅の南口広場。

休日に加え、お昼時という事もあり、そこは沢山の人達が行き来していた。

「参ったな、まさかこんな事になってしまうとは……」

人混みで溢(あふ)れるそこに猫丸は一人立ち尽くし、屋敷で起こった出来事を思い出しながらぼやく。

あの後、何故(なぜ)か寅彦に止められた猫丸は武器を全部没収されてしまい、服装も父親の見繕ったものに着替えさせられた。

偶々(たまたま)近くで見ていた豹真に止(や)めさせるようお願いしたものの、何故か応えてはもらえず、寧(むし)ろ寅彦に協力するように武器を回収しに掛かってきた。

結果、今の猫丸の格好はシャツの上に薄手のジャケット、下はチノパンツにスニーカーという、ザ・スタンダードといった形に落ち着いていた。

「ちっ、親父(おやじ)にだけでも事情を説明しておくべきだったか」

思わず後悔が口に出てしまうがもう遅い。今更着替える時間など残されてはいないし、武装しようにも武器は寅彦達の手元にあるのだから。

別にこのコーデが悪い訳ではない。

平凡とも言えるこの服装は人混みという背景に紛れる特性を持っている為、殺し屋向きと言えば殺し屋向きだ。

が、今回ばかりは条件が悪い。

　本来こういったステルス性は、向こうがこちらを認識していない事に加え、人混みを利用しさり気なく近付ける環境でこそその真価を発揮する。

　しかし、今回は標的（ターゲット）との一対一での行動が条件に加えられている為、その特性を発揮出来ない。

　そもそも、向こうもこちらを殺し屋と認識している時点で、ステルス性の利点など限りなく皆無だ。

　相手が相手な事もあり、多少不自然でも重装備で臨みたいのが本音であるが……。

　猫丸はため息を吐（つ）くと共に、屋敷から持ってきたボディバッグの中身を開く。

　当然これも外出前に寅彦達にチェックされた為、危険物の類いは一切なく、財布やモバイルバッテリーをはじめとする最低限の小物しか収納されていない。

　いや、一つだけ残っていた。

「正直不安は解消されないが、まあ無いよりはマシか」

　寅彦達に気付かれぬよう財布に隠していた二つのポリパック。

　中身はどちらも粉末状の睡眠薬だ。

　これで標的（ターゲット）を眠らせれば思う存分調査出来、殺す事だって簡単だ。

　問題は、これをいつ彼女に飲ませるかだが……。

「まあ、一応仕掛けるタイミングも用意してるし、可能性は0じゃない……か。――さあ、今日が俺の命日となるか。はたまた、奴の命日となるか……」

皮肉たっぷりにそう呟くと猫丸はフッと笑い、静かにバッグを閉じる。

その後、一度深呼吸をする事で、体の緊張を解きほぐした。

今の自分はほとんど手ぶらといってもいい。頼りになるのは先程挙げられた睡眠薬と、今日まで鍛えてきた殺し屋としての肉体のみ。

それでも気休めにしかならないが、今の猫丸の顔色は不思議と落ち着いていて、表情も穏やかになっていた。

否、そう見せているのだ。これから会う標的に、少しでも殺意を気取られぬように。

一人の殺し屋として、最後の最期まで戦う為に。

「しかしあの女、一体いつになったらやって来るんだ？」

猫丸はポケットからスマホを取り出し、現在の時刻を確認する。

画面に表示される『13時10分』の文字。ちなみに今日の集合時間は13時と決まっている。

「アイツからこの時間にと言ってきた筈だが……。まったく、殺し屋が時間にルーズでどうす……——何やら騒がしいな？」

相手の遅刻に苛立ちを募らせていた頃。広場に発生した謎の人だかりが気になり、猫丸はそちらに視線を移す。

よく見てみると、そのざわつきは一つの黒い影を中心に巻き起こっているようで。その影は少しずつ大きくなり、徐々に徐々に人の形を模していった。

ようやくその正体が判明してくると、その見覚えのある――いや、最早見慣れてしまったその顔に猫丸はやれやれとため息を吐き、異彩を放つその少女に向かって一言。

「遅いぞ竜姫。一体何をモタモタしてたんだ」

「ご、ごめんなさ……ハッ！　待たせたなブラックキャット！　その、今日という嘉節に相応しい戦闘装束の選択に手間取ってしまって……」

そう言って、紅音は目線を逸らしながらも少し申し訳なさそうに頭に手をやった。

スマホをポケットに仕舞うと共に、猫丸は目の前に立つ紅音のその『派手』の一言では片付けられない服装をジッと見る。

（コスチュームねぇ……）

黒を基調とし、全身からミステリアスな雰囲気を漂わせるワンピース。どこか不気味な印象を受けそうになるが、それを緩和させるようにトップスとボリュームあるスカートにはそれぞれ純白のフリルが施されていた。

黒のニーソックスとスカートの裾の間からはほんの数センチではあるが太腿が顕となっており、自身の低い身長を補う為か、両足の紅いローファーは随分と厚底だ。

また、髪型はいつものハーフツインではなく、左右に分けた髪を前に垂らし毛先を紅いリボンで括る事で、柔らかな黒髪が肩の付近に集まるシンプルなおさげとなっている。

といった具合に、様々な要素がその格好に密集する形で組み込まれている訳だが、それでもお互いの特性が喧嘩せずものの見事に調和しているのは、彼女の天授の幼顔と幼女体型が秘訣だろう。

ゴシックが持つダークな雰囲気に、アクセントとしての役割を果たすロリータ要素。

尚、この組み合わせは俗にゴスロリと呼ばれているが、猫丸は当然その名称を知らない。

「ど、どう……かな？」

「どう、とは？」

「その、我が秘蔵の戦闘装束に何か感想はないかと訊ねているのだ！」

「そうだな……」

腫れ物を見るような視線で周囲に見守られる中、固まる猫丸の前で紅音は決めポーズを取る。

どんな感想が飛んでくるのか。紅音だけでなく、その思いは見ている他人全員が密かに胸に抱いていた。

そんな当人や野次馬達の期待を一身に受ける中、猫丸が出した感想は……。

「見事……としか言いようがないな」

「おおっ!!」

(((えええええええ!?!?)))

当人の気持ちに応え、野次馬達の下馬評を覆すモノだった。

これは紅音に配慮した言葉ではない。猫丸は彼女の衣装を見た瞬間、確かに心の底から『見事』と思ったのである。

しかし、誤解を招くようだが、何も猫丸はその衣装が『似合っている』や『可愛(かわい)い』といった意味で『見事』と述べた訳ではない。

表社会のファッションにとことん疎い猫丸が、そのような感想を並べられる筈がないのである。

彼が感想を述べる理由があるとすれば、それは十中八九殺し屋に関係する事。

傍(はた)からは異様に見えるだけのその衣装だが、猫丸の眼(め)には確かに戦闘装束(コスチューム)という名に恥じぬだけの姿に映っていた。

一見無駄に思える大量の装飾は、きっと暗器を隠す為。

いかにも歩きにくそうな厚底の靴は、踵(かかと)やつま先から刃や銃弾が飛び出るようにわざとそうなっている可能性もある。

そしてあの異常に膨らんだスカート……。あの下に一体何が隠されているのか。

仕込み銃か、それともナイフか。はたまた、前に訪問した部屋に置かれていた剣や杖(つえ)のような、こちらの想像もつかない兵器が眠っているのか。

考えるだけでも恐ろしいが、この衣装にはもう一つ、大きな利点が存在する。

本来、殺し屋という存在は目立ってはいけない。

人という景色に紛れる為、またその存在を表立ったモノにしない為。殺し屋は普段、スーツや地味目な服装で渡り歩く事を心掛けている。

紅音の今の服装とは、正に対極に在ると言ってもいいだろう。

故に、誰も彼女を疑おうとしない。誰も彼女が殺し屋だと、最強の殺し屋『紅竜（レッドドラゴン）』だと疑おうともしないのだ。

（固定観念に囚（とら）われず、寧ろそれを逆手に取るとは……。成程、これが今まで紅竜（コイツ）が存在を隠せていた秘訣……！）

顔や姿は勿論（もちろん）、その存在すら不明とされてきた伝説の殺し屋『紅竜（レッドドラゴン）』。

対面早々自ら正体を明かすような彼女が、何故その存在がこれまで明らかとされてこなかったのか。

ようやくそのカラクリが分かり、猫丸はこれまでにない大きな一歩を確信すると。

「お前のおかげで、俺は一皮剝（ひとかわむ）けた気がする。感謝するぞ、竜姫」

「フッ。なに、礼には及ばん」

「おい、あのカップルヤベェぞ……」

「彼女だけかと思いきや、彼氏の方までイカレてやがった……」

謝意を伝える猫丸に、自慢げに胸を張る紅音。その様子を遠巻きに眺めながらヒソヒソと話し出す野次馬達。

そんな彼らを二人は全く意に介さず、

「では往こうか！」

少し予定より遅れてしまったものの、こうして猫丸と紅音の初めてのデートは幕を開けたのであった。

野次馬達に見送られながら二人が行く先は、駅に隣接されたビルの七階にある映画館。

エスカレーターで目的のフロアに到着すると、先程までの明るい屋内とは一変し、黎明を想起させる景色が目の前に現れる。

薄暗いロビーは既に多くの客で賑わっており、家族や友人、恋人など、様々な関係性を持つ人達がこれから何を観ようかと話し合い、観終わった映画の感想を語り合っていた。

「こんなにも混んでるものなのか……」

初めての映画館に思わず驚嘆の声を洩らす猫丸。

老若男女問わず人々が楽しそうな表情で溢れ返るその景色から、初めて学校を訪れた時とはまた違う感想を抱いた。

（誰も横に居る者が武器を所持していると疑おうともしない。こんなの裏社会じゃ有り得ない光景だ……）

「ブラックキャット、先程から何を警戒しておるのだ？」

長らく俗世を離れていた故か、一ヶ所にたむろする人々を前に猫丸はつい身構えてしまう。

「いや、何でもない。……で？　一体何を観るんだ？」

「あえ？　そ、そうだな……」

染み付いた習慣を一旦忘れ、ひとまず映画を楽しみに来た一人の客として振る舞う事に切り替えた猫丸。

依然として周囲から奇異の視線を受けている紅音に訊ねると、何故か歯切れの悪い返答が送られる。

「……竜姫？」

「こ、コレだ！　コレにしよう！　実は前々から気になっていたのだ！」

そう言って、紅音はふと眼に留まった立て看板を指差し、猫丸もそれに従ってそこに貼られたポスターのタイトルに眼を遣った。

「『双炎のパラディン　～ロストフレイム～』……？」

それは、両隣に並べられた立て看板の作品と比較し、そのポスターに刷られた人物の顔は自分と同じ次元を生きている者のそれとは大きく異なり、何やら人の手で描かれたような——美術館にあるような肖像画とはまた違う。

眼が大きく、体から火を発している二人の少年少女が中心に立ち、その周囲を様々な人種や生物で囲った——俗に言うファンタジーアニメのものだった。

「なんだブラックキャット。貴様この名作を知らんのか？」

「あ、ああ。いや、名前は一応聞いた事あるんだが、どういった話かまでは正直……な」

少し気まずそうに眼を逸らす猫丸。

「そうか」と紅音は呟くと、そんな猫丸の為に作品のあらすじを解説していった。

「『双炎のパラディン』。それは、氷の魔神の手により地上が雪と氷で覆われた世界での物語。人々が飢えと寒さに苦しむ中、ある日突然、辺境の村に住む兄妹——兄のレインと妹のリオは『炎の奇跡』をその身に宿した。自らの炎で二人が村の住人達に温もりを与えていたところ、噂を聞きつけた国王の勅命により二人は聖騎士となる。そして、氷の魔神を打倒し、世界を再び緑溢れる大地に戻す為、二人は戦いに身を投じるのであった……——といった感じだな。ちなみに今回の話は原作にはないオリジナルストーリーで、奇跡の片翼であるリオが突如として他国の者に誘拐され、レインが最愛の妹を救うべく奔走する内容となっている」

「はあ……」

　特に感想が出てこない様子の猫丸であった。

「まさか、本当に知らぬのか……？　この作品は今や我が国のみに留まらず、世界中で途轍もない人気を誇っているのだぞ！　今この場に訪れている者のほとんどは、コレを観る為に足を運んでいると言っても過言ではないのだが」

「はあ……」

　尚も淡泊な返事をする猫丸。

　愕然とすると共に紅音がその作品について熱弁する横で、猫丸は一度スマホを開き、画面に映し出されたそれを一瞥した後。

「成程、よし分かった。ならさっさと行こう。時間ももうすぐみたいだしな」

「待て待てブラックキャット！　入場するには、まずチケットをだな……」

　これから観る作品が決まるなり、真っ直ぐ入り口へと向かっていく猫丸を紅音が呼び止める。

　足を止めたその直後、猫丸は振り向きざまに手に握られたスマホの画面を見せ付けて一言。

「チケット？　それなら先にカップル割とやらで買っておいたが」

「ふえっ⁉」

それは、昨夜に遡る。

紅音と二人で映画を観に行く事を、寅彦と豹真の二人に伝えた時の事だった。

『やっぱコレだろコレ！　今話題の超人気バトルアニメのオリジナルストーリー！　迫力ある演出と圧倒的神作画が織り成す現代最高・最強傑作！　コイツを観に行かねェ日本人なんか居ねェよ!!』

何を観るかまだ未定な事が分かるなり、自分の一押しを半ば強引に勧めてくる寅彦。

およそ十一年。親子兼師弟として過ごしてきた時間の中で、一度も見た事のない熱量と勢い。

そんな父の熱弁に圧倒され、猫丸は思わず後退(あとずさ)ってしまう。

『いや、まだコレを観ると決まった訳じゃ……』

『上映スケジュールと照らし合わせてみたところ、集合時間と近い時間帯のモノが見られますし、可能性は高いと思われますよ。せっかくですし、こちらのカップル割で購入しましょう』

と、猫丸のスマホで勝手に席の予約をし始める豹真。

今までにもこんな事は無かったというのに、何故かこの時ばかりはノリノリで動いていた。

『いやいや、まだ付き合ってもいねェのにそんな攻めた真似(まね)は……』

『馬鹿ですね。こういう小さなところから出来る男アピールをしつつ、女性の心を刺激するようなワードで仕掛けるんですよ。そんなことも分からないんですか？　分からないから五十まで童貞だったんですよ』

『テメェ豹真！　喧嘩売ってんのか⁉』

――父と側近のゴリ押しにより、半ば無理矢理に組まされたプラン。

もし外れれば、キャンセルと同時にそっと隠しておくつもりだったが……。

（まさか親父達の狙いがピタリと嵌まるとはな……）

画面に表示された確保済みの座席番号が物語るその未だに信じられない結果を前に、猫丸はそこに居ない二人に向けて尊敬の念を送った。

自分では絶対に出来ない事をいとも簡単に成し遂げてしまう父親と側近。

その底知れぬ力量を目の当たりにし、自分も見習わねばと考えていると。

「おい、いつまでそこに突っ立っている？」

「あ、ああ……！　済まない、少し動揺してしまって……」

未だ立て看板の前で立ち尽くしている紅音に、猫丸は催促するように呼び掛けた。

「そっか、カップル……。カップル、でいいんだよね……？」

何故か顔を赤くし、俯いたままもじもじとしている姿が気になるが、二人はドリンクの注文を済ませ、店員に券の確認をしてもらい、そのまま通路を進んでいく。

指定されたスクリーンに到着すると、事前に確保しておいた席まで移動し、猫丸は右側、紅音は左側と、教室に居る時と同じような横並びになって座った。

座席の座り心地は程よく反発する程度で、場所も丁度真ん中辺りとても映像が観やすい位置だ。

「楽しみだな！　ブラックキャット」

「そうだな……」

（よしっ、奴(やつ)が映画に気を取られている隙に、睡眠薬(クスリ)を混ぜてやる！）

幼い子供のようにウキウキとした顔付きをする紅音の横で、猫丸が密(ひそ)かに奇襲を企てる。

丁度いい事に、紅音の飲み物は彼女の右手側——つまり、二人の間に設置されたドリンクホルダーの上に置かれている。

彼女が完全に映画に喰(く)い付いた時を見計らい、カップに薬を混入させ一口でも飲ませる事が出来れば、間違いなく寝落ちするだろう。

そうなれば後は簡単だ。眠っている彼女を人気(ひとけ)のない所まで運び込み、起きても身動きが取れぬよう拘束してしまえば、好きなだけ調査出来、かつ確実に殺せる。

「ああ、楽しみだ……」

（もうすぐお前の首が獲(と)れると思うとな！）

自分でも無意識に口角が吊(つ)り上(あ)がってしまう猫丸。

両者共に満面の笑みを浮かべる中、続々と席は人で埋まり、劇場内は真っ暗な闇へと移り変わる。

誰の眼も視えないのだし、このまま作戦を実行に移そうかと思ったその時。耳を劈く大音量と共に、スクリーンが白く光った。

どうやら、そう上手くはいかないらしい。

公開予定の映画の予告と、頭部がビデオカメラに改造された謎の人間の謎のパントマイムを観終え、ようやく本編が始まりを迎える。

視界に映るのは、先程眼にしたポスターにも描かれていた名前も知らないキャラクター達と、その敵組織と思しき者達によって繰り広げられる戦闘シーン。

（コレが表社会で流行っているのか……）

初めての映画、そして初めてのアニメを前に、猫丸はただただ呆然とする。

およそ十六年。猫丸はこれまでの人生の中で、普通の人間が味わうような娯楽というものをただの一度も体験した事がなかった。

映画やアニメは勿論、ドラマも、漫画も、小説も、ゲームも、赤ん坊ですら一度は通るような玩具すらも。

寅彦と出逢ってからは訓練と仕事に明け暮れていた為に触れる機会がなく、出逢う前も親からそういった類いを与えられた事は全くなかったのである。

（こんなものが一体何の役に立つのやら……）

人々が映像に釘付けになる一方で、猫丸の中で古文の時と同じ感想が構築されていく。

ふと隣を一瞥すると、映画のせいか、他の鑑賞者達と同様スクリーンに釘付けになっている紅音の眼がキラキラと輝いているのが見て分かった。

（入れるなら今か⁉）

チャンスと思うや否や、猫丸は早速飲み物に睡眠薬を仕込む為、紅音のカップに手を伸ばそうと……、

「「あっ……」」

したその時、互いの指が触れ合い、二人は慌ててその手を引っ込めた。

「な、何しているブラックキャット！　コレは私のドリンクだぞ！」

「あ、ああ、済まない。間違えてしまった……」

他の鑑賞者達の迷惑にならぬよう顔を真っ赤にしながら小声で注意する紅音に、猫丸は言い訳と共に頭を下げる。

どうやら運悪く、丁度飲もうとしたタイミングで重なってしまったらしい。

いや、本当にそうだろうか？

実はこちらが睡眠薬を盛ろうとしている事に気付き、わざと手を伸ばしたのでは？

真意を確かめようと紅音の方を一瞥するが、何やらずっと胸を押さえながら顔を逸らし

続けている。

これでは反応を見る事が出来ない。

（正直、今の段階ではどちらとも言えんが……。とりあえず、もう少し様子を見る必要がありそうだな）

まだ映画は始まったばかり。紅音(かのじょ)の注意がより作品に向けられた瞬間を見計らい、その時に薬を入れてしまえばいい。

見逃す筈(はず)がない。こちらが彼女と同様に映画に釘付けになる事など有り得ないのだから。

（そもそも、体から炎が出る現象を『奇跡』などという非科学的なもので説明付けようとする事自体気に食わん。異形な生物の登場に、さも当然かのように喋(しゃべ)る死体。氷の魔神とやらによって氷漬けにされた世界……。何もかもが理解出来ん）

と、一応鑑賞しているフリを装いながら、内心でそんな悪態を吐(つ)く猫丸だったが。

（まったく、こんなものの何が面白いと……。…………？　……ほう。……！　……おおっ――!!）

「――いやはや、圧巻だったな！」

「ああ、まさかあれ程までとは……。正直舐(な)めていた」

劇場からロビーに戻ると、二人は映画の感想を語り合っていた。

共に明るい表情を見せている事から、その内容は二人にとって中々に好感触だった事が窺える。

「まさか敵国が妹を狙った理由が、妹の炎を用いての世界の再生とは……。そしてその為には妹の命を犠牲にするしかなく、妹の命か世界の命運かを天秤に掛けるという、まるで現代社会の在り方を風刺する互いの正義と正義のぶつかり合い！　中々どうして、考えさせられたな」

「うむ！　そして何より、ラストの戦闘で魅せた世評に違わぬ圧倒的迫力！　流石の私も、息を呑まずにはいられんかった」

「ああ、同感だ」

仲良く盛り上がるその様子は、傍から見れば友達――あるいはカップルの姿そのものである。

「親父に聞いた話だが、アニメーションとは手描きの絵を何枚も作り、少しずつ構図を変えたものを連続で流しているんだったな？」

「うむ！　その通りだ。近年は３Ｄを骨骼として生む作品も増えたが、ああして幾人もの創造主が己が手を駆使し、命を吹き込む御業には感服ものだな！」

「命を吹き込む……か。悪くない響きだ……な……」

紅音の言葉に猫丸がフムフムと頷いていると。

（――ハッ！　しまった、何をしてるんだ俺は……）

その瞬間、猫丸はようやく気付いた。

映画に夢中になるあまり、本来の目的を忘れていた事に。

暗闇に乗じて紅音を眠らせるつもりが、すっかり映画に釘付けとなり、その世界観にのめり込んでしまっていた事に。

「さて、小腹も空いてきた事だし、どこか店にでも寄って……って、どうしたブラックキャット？　まるで目の前でリオを攫われたレインの如く、地表に手を付けて」

「黙れ……。今ちょっと自分の馬鹿さ加減に打ち拉がれているところなんだ……」

◇

映画を観終え、丁度時刻も15時を迎えた事もあり、二人は軽食を摂りに動き始める。

既にとっておきの店を確保しているという猫丸の案内の下、札幌駅から少し歩いた二人の向かう先は緑と噴水の美しい大通公園の付近に在るとある喫茶店。

外観から風情のあるその店の扉を開くと、客の入店を知らせるドアベルの心地よい音色と共に、自然を想起させる木造の空間が眼に入った。

「いらっしゃいませ」

「二名で」

猫丸がすかさず店員に人数を報告する。

店内を見渡してみると既にテーブルは何組かの客で埋まっており、空いているのは一番奥のテーブル席とカウンター席のみである。

猫丸がテーブル席を要求すると、了承した店員は二人を所定の席へと案内した。

指示に従い、店員の後を付いていきながら店内に漂うコーヒーの香りを感じる二人。

尚、道中に他の店員や客の視線が紅音の格好に集まっていた事は言うまでもない。

席に到着するなり、向かい合う形で猫丸が壁側に紅音が出入口側に座ると、店員から水を受け取りメニュー表を共有して開いた。

「私はこの暗黒物質を頂くとしよう！」

紅音が指を差すそれを見て、猫丸はその単語が何を意味するかを理解する。

「ガトーショコラか。飲み物はいいのか？」

「否！　コーヒーも頂こう。無論……ブラックでな」

その言葉を聞くと、猫丸は再び店員を呼び掛け、伝票ホルダーと共にやってきた女性にその内容を伝える。

「待てブラックキャット。貴様は何も要らぬのか？」

「そうだな……。じゃあ、このコーヒー付きの日替わりケーキセットとやらを一つ。こっちもブラックでお願いします」

「かしこまりました」

自分の分の事をすっかり忘れ、咄嗟に眼に入ったセットメニューを頼んだ猫丸。

店員が伝票に注文を全て書き連ねると確認の為その内容を繰り返し、間違いがない事が分かるや否や、すぐにカウンターの方へと去っていった。

暫くすると、店員がトレイを手に猫丸達の居るテーブルへと戻ってくる。

「お待たせしました。こちらガトーショコラとコーヒーのセットでございます」

「おおっ！」

目の前に運ばれるその二点の美しさに、紅音は驚嘆の声を上げた。

皿の上に置かれた白いカップを満たす漆黒。

その横の皿には、小雪の如く粉砂糖が降られた黒い二等辺三角形が堂々と鎮座し、傍らで侍るようにホイップクリームが添えられている。

「日替わりケーキですが、ただいまお作りしていますので、もう少々お待ちください」

猫丸もコーヒーを受け取ると、店員の報告に対し静かに頷いた。

再び店員が去っていくのを見届けた後、猫丸はカップに注がれたコーヒーを口に運びながら目の前に座る紅音を見る。

「おお、なんと見事な贄か。この吸い込まれるような漆黒、さながらブラックホールのようだ。ああ、喰らうのが惜しい……」

謎の葛藤に苦しむなり、紅音はポケットからスマホを取り出すと、眼前に並べられたガトーショコラのセットの写真を撮り始めた。

「何をしてるんだ？」

「うん？　ああ、コマコマに写し絵を届けようと思って」

そう言って、紅音はまだガトーショコラに手を付けず、先程撮影した写真をラインで九十九に送信する。

それだけに留まらず、今日の出来事を軽く報告する為、尚もスマホの画面に齧りつく中。

（――今だ！）

猫丸はコーヒーを飲むフリをしながらポケットに忍ばせていたポリパックを開き、目にも留まらぬスピードでその中身を紅音のコーヒーに入れていった。

中身は当然、睡眠薬である。

（よし……、これで先程の失態は取り返せた）

楽しげな表情を浮かべる紅音の前で、猫丸はカップを置くと共にひっそりと笑みを浮かべる。

猫丸は諦めてなどいなかった。映画館での反省を活かし、一見楽しそうに振る舞うその裏で、本来の目的を忘れていなかったのである。

（この薬は無味無臭。一度口に運んでしまえば最後まで気付く事など出来ない。如何(いか)に最強の殺し屋である紅竜(お前)と言えど、眠ってしまえば無防備だろう。さあ！　そいつを飲んで、永遠の眠りに就くがいい!!）

　本音を心の内に留めつつ、猫丸はその瞬間が訪れるのをジッと待つ。

　そして、自分の知らぬところでそのような工作が行われていた事など気付かぬまま、紅音がようやく九十九への報告を済ませると。

　カップを手に取り、縁に唇を近付けようとした、次の瞬間。

「うえっ……。ダメ、やっぱ無理。……ブラックキャット、私の代わりにコイツを飲んではくれないか？」

「……………………は？」

　しかめっ面で口からカップを離すなり、手元に置かれたそれを差し出しながら、そのような事を告げた。

　まさかの一言が飛んできた事実に、猫丸は一瞬頭がフリーズする。

「飲めって……え？　何を？」

「コーヒーを」

「何で？」

「……苦くて飲めないから」

猫丸の質問に対し、恥ずかしそうに答えていく紅音。更に問答は続いて……。

「おいちょっと待て！　飲めないっておまっ……。なら何で注文したんだ⁉」

「そ、そんなもの、カッコイイからに決まっていよう！　でも、やっぱり苦い物は苦手だし……」

「ならミルクを入れればいいだろう！　それか砂糖でも入れれば、少しは苦味も抑えられて……」

「ううう……、でも匂いだけでもやっぱり苦くって……」

唖然（あぜん）とする猫丸。

予想外の現実に混乱を余儀なくされ、頭を抱えてしまう始末。

（いや、まだだ！　まだ薬は一つある！）

そう、まだ完全に敗北した訳ではない。勝負はまだ終わっていない。

コーヒーはもう諦めるしかないが、だからといって手が無くなった訳ではない。

微（かす）かに残された勝機を頼り、猫丸は次の手を打ちに動く。

「な、なあ！　あそこに居るの、ひょっとして咬狛（かみこま）じゃないか？」

「なに⁉」

その言葉に紅音は驚愕（きょうがく）すると、猫丸が指差す方角に体を回転させ、他の席に座る客の顔を一人一人注意深く観察していく。

　一方で、紅音が背を向けた事を視認すると、猫丸はすぐさまもう一つのポリパックを開封し、その中身を紅音のガトーショコラに振り掛けた。

「居ないではないか！」

「あ、ああ。済まん、見間違いだったみたいだ」

　観察の結果、九十九が不在である事が分かり、紅音は向きを戻すと同時にふくれっ面を見せ付ける。

　言うまでもないが、猫丸の先程の発言は嘘以外の何物でもない。

　今度こそ紅音に睡眠薬を摂取してもらう為の虚言である。

　運の良い事に、先程ガトーショコラに塗された散剤が粉砂糖に紛れ、その存在をカモフラージュしている。

（かなり無茶ではあったが、なんとか誤魔化せたな）

　これならイケる……！　と、猫丸がそう思っていた頃。

　噂の人物から紅音にラインが送られてくる。

（コマコマ？　ああ、さっきの返信か）

　そう思い、紅音は再度スマホを開き、九十九からのラインを確認すると。そこには……、

『見よコマコマ！　この禍々しくも美しいダークマターを！』

『おー、美味しそうですねー。ところで一つお訊きしますが、まさか全部一人で食べたりなんてしてませんよね？　ちゃんと黒木さんに、アーンの一つはしてあげたんですよね？』

予想外の文面が綴られていた。

「んなっ!?　あ、あ奴……」

（アーンって……。アーンって、あのアーン……だよね？）

驚くと同時に、そのシチュエーションを想像し顔を赤らめてしまう紅音。

なんて事を強要してくる親友だろう。

まさか自分に、あの恥辱の極みともいえる所業をやれと言うのか。

『あっ、そうそう。差し出す時は、ちゃんと笑顔を意識してくださいね。笑顔の仕方分かります？　ニーってやるんですよ。ニーって♡』

間髪容れずに送られてくる九十九の追加メッセージ。

おちょくっているだけなのでは？　とつい疑いに掛かってしまうが、怒りよりも焦りが競り勝ち、そのメッセージとにらめっこしたまま、紅音は狼狽えてしまう。

こんなもの無視してしまおうか。いやしかし、今日は覚悟を決めてここに来たのだ。

逃げる事など出来ない！

（やってやる……。やればいいんでしょ、もうっ！）

そこに居ない親友に向け改めて決意を表明し、紅音はそっとスマホをしまう。

無言のままフォークを手に取り、それを使ってガトーショコラの先端部を切り離した後。

「ブ、ブラックキャット……！　ア〜……ン………！!」

ゆっくりとフォークで刺し、その部分を震わせながら猫丸へと差し出した。

ちなみに、それを見た猫丸はといえば……。

（んなっ……！　ど、どういう事だ!?　何故コイツは俺にケーキを……）

当然、困惑していた。

理由は勿論、異性にアーンされるのが恥ずかしいから——ではない。睡眠薬を塗したそばからその異物混入物を返却されそうになっているからである。

（おかしい！　どう考えてもおかしいぞ！　俺は確かに、コイツが眼を逸らしている隙に睡眠薬を入れて……。そう、コイツが気付く訳……）

額に脂汗を掻いたまま、猫丸は一旦ケーキから紅音の顔の方へと視線を移す。

すると、何やら顔を真っ赤にし、謎の笑みを浮かべている事に気が付いた。

（笑顔だ……えがお。笑顔笑顔笑顔笑顔笑顔ぉお………！）

最後に送られてきた九十九のアドバイスに従い、必死に顔をニーッとさせる紅音。

眼には既に涙が浮かんでおり、頭からはコーヒー顔負けの蒸気が上がっていた。

しかし、その奮闘は逆効果となり……、

（何を嗤っているんだこの女は……？　——！　さてはコイツ、最初から俺が睡眠薬を盛った事に気付いて……！）

猫丸の勘違いをただただ悪化させるだけに終わった。

互いに吐けぬ事情を抱えたまま、硬直する両者。

「ど、どうしたブラックキャット？　喰わないのか？」

（お願い……！　早く、早くしてぇ……!!）

「ハ、ハッ！　何言ってるんだ。有り難く頂くとしよう……」

（この女……！　俺の計画を潰した挙句、俺が自滅するのを愉しんで……！）

もうこうなったら腹を決め、自滅覚悟で行こうか。

もしかすると、目の前に差し出された欠片には睡眠薬が掛かっていないかもしれない。

もっとも、それに掛けられている白い粉が果たして粉砂糖なのか睡眠薬なのかは、判別の仕様がないが。

これはもう賭けだ。それ以外に道はない。

そう考えに至り、猫丸は座席から尻を離し、前のめりの体勢で口を開け、カタカタと震える欠片を口に入れようとする。

が、何故かどんどん欠片との距離は離れていき、それを追うと今度は紅音の真っ赤な顔が近くなった。

「おい、なに今更退いてるんだ」

「い、いや……その、やっぱり恥ずかしいというか……。なんというか……」

ここにきて紅音が怖気付いてしまう。

つい先程まで伸ばし切っていた腕は肘が90度になるまで曲がり。

一方の猫丸も、上半身が既に机を覆う程に顔を近付けており、これ以上の接近は勿論、退けば確実に意味を持つ為、引き下がる事すら出来なくなっていた。

いよいよ膠着状態に陥り、時は止まってしまう。

限界が近付き、両者は共に崖っぷちに立たされる。

傍から見ればそれは初々しくも熱いカップルのようだが、両者を取り巻く空気はマグマをも凌駕する程に激熱であり、その様子は正に極限と言えよう。

互いに傷を負う事しか出来ず、決して勝者の生まれる事のない拮抗。それを崩す事など、彼らには不可能なのだ。

(ダ、ダメだ……。もう……)

(無理……)

とうとう耐えられなくなる二人。

互いに破滅を迎え入れるしかなく、共倒れを迎えようとした――その時。

「お待たせしまし……――あっ」

拮抗は破られた。

「く、黒木君⁉　大丈夫？」

「申し訳ありません！　申し訳ありません‼」

慌てふためく紅音と、ひたすら謝り続ける店員。

そして、頭からケーキを被り、汗の混じった生クリームを頬に伝わらせる猫丸。

一部の人間は見ていた。店員が躓くと同時に思いっ切りトレーをひっくり返し、宙を舞ったケーキが猫丸の頭部目掛け勢いよく落下していった瞬間を。

騒ぎに反応し、他の客や店員までもがその悲惨な現場に目を遣った。

ボトボトッという連続して鳴る質量を孕んだ音が、テーブルに置かれた黒いケーキが白く汚されていく事実を知らせる。

暫く固まった後、頭に貼り付いた皿を猫丸は無言で剝がし、

「お、お客様……？　その、お怪我の方は……」

「いえ、大丈夫です……」

涙目で何度も頭を下げるその店員に向かって、スポンジ生地とクリームの帽子を被ったまま優しい声で一言。

「助かりました」

「……へ？」

その意味が全く理解出来ず、店員は首を傾げてしまう。

――十分後。

濡れた頭をタオルで拭きながら、猫丸は店の奥から紅音の居る席へと帰還する。

「戻ってきたか。大事がなかったようで安心したぞ、ブラックキャット」

「ああ。まだ少し髪のべたつきと甘い匂いが気になるがな」

席に座ろうとしたその時、何やらテーブルの上が頼んだ覚えのないスイーツで豪華になっている事に気が付く。

「なあ、これは……？」

「ん？　ああ、先の件の詫びとして色々と運ばれてきてな。私の腹に収まり切るかどうか……。いやはや、困ったものだな！」

満面の笑みでそう話すと、紅音は眼前にあるショートケーキを口に運び、落ちそうなる頬を手で支えながら満足げな表情を浮かべる。

現状を理解し、猫丸も「成程」と呟いた後。

（どうやら、あのガトーショコラは片付けられたみたいだな）

紅音が今食しているショートケーキの隣に在る綺麗な状態のそれを見て、語られていない真実を見抜いた。

あの時、突如としてケーキが頭に降ってきたその瞬間。

自分の顔の真下にあったガトーショコラは、自分の頭から落ちたスポンジとクリームで汚れていた。

しかし今、実際に並べられているガトーショコラは黒いままで、手の付けられた形跡は一切なく、最初に運ばれてきた姿と全く一緒である。

おそらく、あの睡眠薬入りガトーショコラは既に店の者の手によって処分されている頃だろう。

つまり、もう紅音が睡眠薬を飲む可能性も、猫丸が睡眠薬を飲まされる危険性も無くなったのである。

（幸か不幸か、難を逃れたという訳か。さて、この後どうするか……）

猫丸は悩みに耽る。

確かに自分は助かった。しかしこれで、睡眠薬は無くなってしまった。

紅音を眠らせ、情報収集——果ては暗殺する計画がこれで潰えたという事だ。

そうなると、もう頼りになるのは自分の体しかない。

前みたく隙を突いて首を手刀で叩くか、背後から貫手で急所を穿つか。

最悪、正面から殺り合うか。

どちらにしろ、安全とは程遠い殺り方をするしかない。

（今日はもう諦めるという選択肢もあるが、流石にそれを取るのはな……）

悩みに悩み、何か他の策はないかと猫丸は考え込む。

一度集中力を上げる為、付近にあったカップを手に取り、中身のコーヒーを口に運んだ。

口いっぱいに広がる心地よい苦味に舌鼓を打ち、頭をスッキリさせたつもりが何故かぼんやりとしてくる現象に疑念を抱く。

「……？　なん……だ？　急に眠気が襲って…………」

（…………眠気？）

何か嫌な予感がする。途轍もなく嫌な予感が。

「なあ……一つ訊きたいんだが、コレは俺のコーヒーで合ってるよな？」

「？　当然であろう。何を吐かしておる？」

猫丸はカップを元の場所に戻し、それを指差し一応紅音に訊ねてみるが、質問を受けた当人はケーキを一生懸命に頬張りながら即答で返してきた。

「ハハッ、そ、そうだよな……」

（そうだ。奴もこう言ってるんだから、そうに決まっている）

納得する猫丸。

だがしかし、眠気は一向に増すばかり。

きっと疲れているのだろう。そうだ。そうに違いない。

朦朧とする意識の中、猫丸は必死にそう言い聞かせる。

すると、

「まあ、元を辿(たど)れば一応私のものになるのだが」

「…………え？」

紅音の口からまさかの一言が飛んできた。

よく見ると、コーヒーカップの受け皿の役割を果たすソーサーに僅かだがクリームが付着していた。

ああ、ギリギリケーキからの被害を免れたのだろう。

ああ、もっと早く気付くべきだった。

（クソッ……、またしても…………――）

遂(つい)に猫丸の意識が飛ぶ。顔がテーブルに着地すると共に、食器がガシャンという音を奏でた。

「ブラックキャット？」

突然目の前でテーブルに突っ伏す猫丸に、紅音は呼び掛ける。

一応肩を揺すってみたものの、返事がないのは勿論、反応すら感じられない。

不安に思う彼女の前で、猫丸は目を瞑(つぶ)ったまま動かなくなってしまうのであった。

◇

「――……？　あれ？　俺は一体……」

瞼を開いて虚ろな眼を顕にし、微かな意識の中で猫丸はか細い声を発する。

体と顔が冷えているのに何故か後頭部だけは温かく、そして自室の枕に引けを取らない柔らかな感触が頭部を包み込んでいた。

この正体はなんだ？　そんな疑問がふと頭に浮かんだその直後。

「漸く眼を覚ましたか」

「!!」

突然、暗闇の映る視界に紅音の顔面が現れた。

同時に気付く。この謎の枕の正体は、紅音の膝である事を。自分は標的の膝を枕にし、眠りに就いていた事を。

一瞬にして意識が覚醒し、猫丸は跳び上がるようにすぐさまその場から離れると、先程まで自身がベッドにしていたと思われるベンチに腰を下ろしている紅音に対し警戒を全面にして身構える。

「た、竜姫!?　俺に一体何を？　ここは一体どこだ!?」

「待て待て待て！　そう矢継ぎ早に訊ねるな」

寝覚めたばかりの猫丸に、紅音は彼が眠ってしまった後の出来事を報告する。

あの後、突然猫丸が意識を失った事に困惑した紅音は、彼が実は眠っている事を確認すると起きるまで待つ事にした。

店側にもその旨を伝えた結果、猫丸が眼を覚ますまで店に居られる許可が下りたものの、閉店時間が近付いても猫丸が起きる気配はなかった。

流石にこれ以上店側に迷惑を掛ける訳にもいかなかった為、店を出た紅音は一向に眼を覚まさない猫丸を背負い、ここ——大通公園のベンチに運んだという。

そして、現在に至る。

「成程、そうだったのか……」

「成程……ではないぞ、ブラックキャットよ！　貴様をここまで運んできたこの私に、もう少し労いの言葉があってもよいのではないか？」

報告を受けフムフムと頷く猫丸に、紅音はふくれっ面でアピールする。

尚、流石に一人で背負う事は叶わず、店を出て三歩目からは店員に代わりに運んでもらった件については秘密である。

「そうだな……、感謝する。しかし、店が閉まる時間になっても眠りこけていたとは……」

未だ温(ぬく)もりの残る後頭部に手を遣(や)り、猫丸は自身の失態を恥じる。

まさか敵の罠(わな)に嵌(は)まった挙句、無関係な店にも迷惑を掛けてしまうとは……。

(……？　待てよ、店が閉まる……？)

「……！　今何時だ？」

ふと気になってしまった。

既に夜の帳(とばり)は下りている。

昼と比べ人通りはほとんど消えており、近くでアーチを描く噴水はライトアップによって幻想的な雰囲気を演出している。

猫丸はすかさず夜空をバックに輝くテレビ塔に目を向けると、時刻表示版には『9：02』の数字が堂々と表記されていた。

「く、9時……？　五時間……いや、六時間も俺は眠っていたのか？」

猫丸は驚愕(きょうがく)する。だが、驚くべきはそこではない。

「お前……、ずっと待っていたのか？　俺が起きるまでの間、六時間ずっと……」

今度は紅音の方を見て問い掛けた。

コクリと頷くその無言の返事に、猫丸は更に愕然(がくぜん)とし。

「どうしてそこまで……。帰ろうとは思わなかったのか？」

すると、愚問だったのか、紅音はきょとんと首を傾(かし)げて。

「無粋な事を訊く。今日はデートなのだぞ。デートというのは、二人で行動するものだろう？」

「…………」

思わず無言になってしまう猫丸。

呆気に取られる自分の目の前では、本当に何とも苦に思っていないとばかりに紅音が元気な笑顔を見せていた。

「…………」

尚も無言で居る猫丸。しばらく俯いた後、体の向きを転換させゆっくりと歩き始める。

「ブラックキャット？」

「便所だ。すぐに戻る」

そう言い残し、猫丸は紅音の前から去っていった。

誰も居ない公衆トイレに足を踏み入れた後、猫丸は流れるように洗面所へと向かう。台の前で足を止めると、水を流し、手で器を作ると共にそこに満たされた水を一気に顔に当てる。

満足するまでその動作を繰り返し、ついにその回数が十を回ったところで水を止めた。

「酷い顔だな……」

鏡に映る自分のびしょ濡れになった姿を見て、小さくそう呟いた。

顔や髪から雫が落ち、洗面台が沢山の音を奏でる中。

「クソッ！　何をしているんだ俺は……」

今度は激昂した。洗面台を叩く音がトイレ一帯に響き渡る。

右の拳が熱い。しかし、そんな事が気にならないくらいに、今の猫丸は酷く激情に駆られていた。

「映画館での失態に重ね、睡眠薬による奇襲の失敗……。おまけに自分が用意した罠を利用され、逆に眠らされてしまうとは……！」

自分への怒りが沸々と湧き上がり、濡れた髪をくしゃくしゃに掻く猫丸。

飛沫が辺りに飛び散るが、そんな事をいちいち気に掛ける筈もなく。

「予定していたプランがほとんど使えなくなった。まさかコレも、奴の計略の内か……？」

本当なら、喫茶店を出た後二人で一緒にショッピングに赴き、彼女が商品に夢中になっている隙に殺す筈だった。

それがダメでも、買い物で手に入れた商品で武器や薬品を作り、それを使って夕食中に彼女を討つ算段だった。

しかし、それも最早叶わない。

これまでにも何度かあった。全てが順調に運んでいると思い込み、自分は完全に優位に立っていると勘違いし、最後の最後に相手の掌（てのひら）の上だった事を思い知らされるこの感覚……。

自分の考えている事など、自分のやってきた事など全て無駄であると突き付けられるような、この上ない敗北感。

「分かっていた筈だ。あの女の恐ろしさを……、紅竜（レッドドラゴン）の脅威を身を以（もっ）て知った筈だ。なのに、俺という者は……」

不甲斐（ふがい）ない。とにかく自分が不甲斐なくて仕方がない。

しかし、自分への憤りが止まらぬ一方で、ある一つの謎がどうしても気掛かりだった。

「しかし分からない……。何故あの女は俺を殺そうとしなかった？　目の前で眠る俺を、恰好（かっこう）の餌食であるこの俺を何故討とうとしなかった？」

疑問が止まらなかった。

思えば、最初に出逢（であ）った時もそうだ。あの時も自分から正体を明かしておいて、こちらを殺そうとする意志が全く感じられなかった。

猫丸を……殺し屋・黒猫（ブラックキャット）を殺す事は、彼女にとってメリット以外の何物でもない筈なのに……。

「まさかあの女、本気で俺を殺す気がないとか……？」

あまりに都合が良過ぎるが、ついその可能性を考慮してしまう。

殺し屋をやっている時点で、そんな可能性は万に一つも有り得ないというのに。

『デートというのは、二人で行動するものだろう？』

一瞬、紅音の顔が頭を過(よぎ)った。

「訳が分からん……」

ただの親切心か。それともコレも何かの計画か。いずれにしろ、猫丸の頭ではその狙いに気付く事など出来なかった。

気持ち悪い。あの女が考えている事も。心のどこかで葛藤している自分が居る事も。

全部。全部がとにかく気持ち悪い。

「もういい。迷いは捨てろ。どうせ後には引けないんだ」

猫丸はもう一度鏡に映る自分を見る。

先程までの情けない顔とは一変し、そこには確かに殺し屋・黒猫(ブラックキャット)としての自分が左右にある黒白(こくびゃく)の瞳で静かにこちらを見据えていた。

「もうこれ以上野放しになんて出来ない。強硬手段に出る……！」

猫丸は改めて決意を固める。

世界の均衡の為(ため)、自分がブレない為。

そして、大切な人達が紅竜(レッドドラゴン)の手により奪われない為。

「今日、奴を――紅竜(レッドドラゴン)を殺す！」

鏡に映る自分に向かって言い放つと、猫丸はトイレの外に出た。

殺意が顔に現れぬよう表情を殺し、殺気が外に漏れぬよう体の内に押し殺す。

足音は無音に。気配は少し冷たい空気のように。

誰も見向きもしない。誰にも気取られない。そんな存在になりながら、公園に戻った
——その時だった。

「……？　何だ、あの男達は？」

視界の先で奇妙な光景が映っていた。

先程と同様、ベンチに腰掛けながら待っている紅音。その前に並ぶ、三人の男達。

「なあいいだろ〜？　俺達と遊ぼうぜ？」

「そうそう、こんな時間に女の子一人とか危ないからさ。俺達と一緒に居た方が安心だし楽しいよ？」

「ち、近寄るでない！　貴様らの様な蒙昧な愚者共を相手にしている程、暇でないのだ！命が惜しければ、即刻私の前から消え失せよ！」

一連の遣り取りを猫丸は木陰から観察する。

どうやら、男達の目的は紅音のナンパらしい。

あの女にそういった気が働くとは、なんて命知らずな……。

紅音の声色からも、随分と腹を立てているのが窺える。

「死んだなあの三人。まあ、流石のアイツも手加減くらいはすると思うが……——待てよ？」

猫丸はピンッと閃いた。

もし、あの三人をこのままにしておけば、遂にあの紅竜が戦闘する瞬間を見られるのでは？

場合によっては、隙を突いて奴の命を縊れるのでは？

「素晴らしい……！　今までにない大チャンスだ！」

猫丸は大いに喜んだ。

とくれば、自分が取るべき選択肢は待機だろう。

奴が動き出す瞬間を見逃さず、そこから先の行動次第で動き方を変えればいい。

これが真っ暗闇なら難儀だったろうが、紅音の座るベンチは街灯によって照らされている為、この位置からでもよく見える。

ようやく自分にもつきが回ってきた！

「なあ、やっぱ止めとかね？　さっきからコイツの言動といい服装といい、なんかあんまり関わっちゃダメな匂いがするんだけど」

「バカ言うなよ。どうせワンナイトの付き合いなんだからダメもクソもねぇだろ？」

「そうそう、まあ俺はこういうロリっ娘も大歓迎だけど」

「き、貴様ら……、さっきから一体何を話して……や、止めろ！　来るな！」

男達の魔の手がゆっくりと紅音に近付いていく。

そこから10メートル程離れた地点で、猫丸が「よしよし」と悪い顔をする。

（まだだ。まだ……）

眼を凝らし、獲物の隙を窺う猫の如く、猫丸はその瞬間が訪れるのをジッと待つ。

すると、一人の男が紅音の右腕に注目し、それを摑み上げた。

「お？　何この包帯？　ひょっとして中二病ってヤツ？」

「ちょっ⁉　やめっ、離して……！」

「ぷはっ！　イッテェ〜。ホントに居るんだな〜そういう奴って。なになに？　ひょっとして、この腕に何かとんでもねェ能力が眠っているとか？」

ゲラゲラと嘲笑う男達。

紅音も涙目になりながら必死に抵抗し、その摑んできた指を一本ずつ引き剝がそうとした──その瞬間だった。

「⁉⁉」

その場から離れ、疾風迅雷の如く地面を駆ける猫丸。

時間にして一秒も掛からなかっただろう。文字通り刹那でそこに到着した猫丸は、三人が自分の存在を認識するよりも前にその腹に一撃ずつ拳を見舞う。

「「「ゴハッ!?」」」

「…………え？」

突如として、三人の男達がその場に崩れ落ち、目を丸くする紅音の目の前には猫丸の背中があった。

まるで瞬間移動でもしてきたように何の前触れもなく現れた彼に紅音は声を掛けようと、

「ブ、ブラックキャット……？　一体どこから――」

「何をやってるんだお前は!!!!」

した矢先、その質問は振り返った猫丸の叫び声によって掻き消された。

何故（なぜ）だか酷く焦っている。

息を荒くし、全身に止め処（とど）ない冷や汗を掻いていた。

救われたかと思えば、突然激昂を喰らっている事に、紅音は訳が分からなくなっていると。

「紅竜（レッドドラゴン）！　貴様、今その腕を解放しようとしたな！　しかも、よりによって右腕の方を!!」

「へ？　ふえ……？　な、何の話……」

「恍（とぼ）けているのか!?　お前の右腕にあった筈だ！　地球を滅ぼす程の絶大な威力を誇る破壊兵器――スーパーノヴァが！」

憤慨を続け、猫丸は袖から顕（あらわ）となった紅音の包帯塗（まみ）れの右腕を指差す。

そう、猫丸は忘れていなかった。初日に彼女の口から盗み聞いた、屋上で確かに耳にしたその兵器の存在を。その所在を。

体が覚えている恐怖。脳裏に焼き付いた絶望。それらを一日たりとも忘れた事は無かった。

しかし、当の本人はすっかりその事を忘れているようで。

「スーパーノヴァ……？」

紅音はうーんと頭を唸らせる。すると、ポンッと手を叩き鳴らし、「思い出した思い出した」と続けながら。

「そうだ言ってたな。うん、確かに言っていた。そういえばそうだった」

「オイ、嘘だろ……？　本当に忘れていたとか言わないよな……？」

「わ、忘れてなどないぞ！　この私が、自分の能力について認知していない筈があるまい！　ただ滅多に使う機会がないから、少し記憶から抜け落ちていただけだ！」

使う機会どうこう以前に、一度使ってしまえば全てが終わるのだが、あえてこのツッコミを猫丸は伏せた。

信じられない。あの一般人三人を迎撃する為だけにその兵器を使用しようとしていた事。

そして、その兵器の存在すら忘れ、無意識に地球を滅ぼし掛けていた事。

もし自分が駆け付けなかったら、どうなっていたか……。考えるだけでも背筋が凍る。

思わず力が抜けてしまい、猫丸は膝から崩れ落ちてしまう。

（なんかもう……色々と疲れたな）

体力は全然有り余っているのに、精神の方が限界を迎えていた。

この調子ではもう、殺しなど不可能だ。

今日はもう大人しく引き返そう。

「時間も時間だ。帰るぞ」

鉛のように重い体を起こした後、猫丸は倒れた三人をベンチに並べる。

傷が目立たぬよう腹を狙ったのだから、この姿を見ても不審に思う者は少ないだろう。

全ての始末が終わり、このまま帰路に着こうとしたその時。

「ま、待って！　その、救ってもらっておいてこんな事を頼むのは不躾であるが……最後に一か所だけ！　行きたいところがあるのだが……いい……かな？」

大きな声で呼び止めた後、少し弱々しい声で紅音が願いを口にした。

時刻は21時30分。
足を止め、密室で立ち尽くす二人の体は、その一室ごと空へと昇る。

僅かな重力による抵抗を受けながらも、二人の体はその勢いを止める事なく昇っていく。

「まったく、もう遅いというのに……」

「いいではないか。この時間だからこそ、眼にする事が叶（かな）うのだから」

ため息と共に悪態を吐（つ）く猫丸。

そう言いながらも、こうして付き合ってくれている事に、紅音は隣で微笑（ほほえ）んだ。

窓ガラスの向こうでは、暗闇の中で赤色にライトアップされたテレビ塔の内側が流れている。

その複雑な造りに感心していると、アナウンスがその知らせを告げてきた。

『まもなく展望台でございます。どうぞごゆっくりとご覧くださいませ』

「おっ、もうすぐだな」

紅音がアナウンスに反応したその数秒後。

今度は一緒にその場に居たエレベーターガールから知らせがくる。

「お待たせ致しました。扉、開きます」

直後、外の動きが止まる。

言葉通りに目の前の扉が開かれると、猫丸と紅音はエレベーターガールの送り出しの挨拶を背に受けながら歩み出す。

白い床を踏み進み、温厚な顔とちょび髭（ひげ）がトレードマークの赤いマスコットキャラクターに歓迎され、二人が立ち止まった先は茶色の木枠に囲われた大きな大きなガラス窓。

その向こうには、夜の闇の中で華麗に煌めく、自分達の住む街——札幌の景色が拡がっていた。

「おおっ！　絶景だな！」

「……ああ」

感嘆の声を上げる猫丸と紅音。

瞳に映るその美しさに、二人共魅了されていた。

全長１４７・２メートル。三階からエレベーターで六十秒程上昇すれば、地上90・３８メートルの展望台に到着する。

眼下には先程まで居た大通公園を中心にデパートやビルなどの建築物が立ち並び、昼になれば雄大な石狩平野や日本海が背景に追加される。

もう少し遅ければＹＯＳＡＫＯＩソーラン祭りが、冬に訪れればさっぽろ雪まつりが眺望出来ただろう。

ただそれでも、普段の街の顔をこうして上から眺められるというのは、ある意味特別に感じられた。

「そうだな……確かに綺麗だ」

思わず口に洩らしてしまう猫丸。

まさか、こうしてゆっくり夜景を拝める日が来ようとは思いもしなかった。

普段であれば、夜は仕事に赴き、終われば次の仕事に向かうかホテルで熟睡という、最早決まったも同然の行動を取っていた。

世界中を周っても、世界中の夜を過ごしても、その顔を拝む暇など猫丸にはなかったのである。

「なんだブラックキャット？　貴様この街を根城としているのに、夜景は初めてなのか？」

「まあ、そんなところだな」

猫丸の返答に紅音はフーンと呟く。

「私は二度目だ」

「お前も少ないじゃないか。咬狛と一緒に来たりはしないのか？」

「うむ。仕方のない事なのだ。コマコマもコマコマで、休日は忙しそうにしてたからな」

今度は猫丸がフーンと呟く。そして、紅音は尚も続けて話した。

「もうずっと昔の事だ。私が幼い頃に両親とここで写し絵を残した。それ以来私がここに足を運ぶ事は無かったが……」

「そうだったのか」

（コイツにも親と呼べる存在が居たんだな。まあ当然か……）

当たり前の事だが、子供が産まれるには、必ず父と母の存在が要る。

それがどういった経緯であれ、どういった形であれ、この世に生まれ落ちるには必須なモノなのだ。まだ見た事はないが紅竜(レッドドラゴン)暗殺の為、この女の父と母についても調べる必要があるだろう。

「写真ねえ……。前にお前の部屋を訪ねた時は、そのようなものは見当たらなかったが」

「当然だな。私も行方を知らぬのだから、貴様が見付けられる筈があるまい」

「失くしたのか」

ツッコミを入れるように猫丸が訊ねる。

それに対し、紅音は小さく「いいや」と告げた後、

「失くなっていたのだ……。いつの間にかな」

下方に在る大通公園を眺めたまま、少し悲しそうに、淋しそうにそう呟いた。

言っている意味がよく分からず、猫丸が首を傾げると。

「だが気にしてはいない！　失くなったのであれば、また新しく作るまで！　過去が消えてしまったのであれば、それを埋め、かつ凌駕する記憶と記録を残すまで！　だから決めていたのだ！　次に訪れる時は必ず誰かと一緒に来ようと。自分が心から一緒に居たいと想い、自分が心から敬愛し、親愛する者と一緒に来ようとな！」

先程までの哀しみを取っ払うかのように、顔を上げ、紅音が活き活きとした表情で告げだした。

暗くなったかと思えば、突然元気になる紅音に、猫丸はビクッとしていると。

「そ、そうなのか。でも良かったのか？　そんな大事な人選を、俺なんかにしてしまって」

本当は九十九が良かったんじゃないか。そう思いつつ、猫丸は問い掛けると。

紅音は猫丸の方を振り向き、「何を言う」と続けて、

「ブラックキャットで良かった。ブラックキャットが良かった！　私は誰よりも貴方と
……ブラックキャットと一緒に来たかったの！」

そう言って、ニコッと満面の笑みを見せ付けた。

「…………」

猫丸は無言になってしまう。

内容に驚きという意味もそうだが、何よりこんなにも真っ直ぐに伝えられた事がとにかく衝撃的だった。

一瞬何か裏があるのではと疑ったが、真っ直ぐ過ぎるあまり、その一言がその内容以外に意味を孕んでいない事を、猫丸は何故か納得してしまう。

「竜姫……」

自分でもよく分からない……。

別に特別な言葉じゃない。嘘の可能性だってある。

それなのに、どうしてか今の一言は何の混じり気のない、純粋無垢で純一無雑の一言

に感じられた。

「……ッッッ～～～!!」

「どうした？」

「いや、急に恥ずかしさが込み上げてきて……」

突然手摺(てすり)を摑(つか)んだましゃがみ込み、顔を膝に埋めようとしている紅音に、猫丸は再び首を傾げる。

何やら耳が赤いようだが、特に気にする必要もないかと思っていると。

「そ、そうだブラックキャット！　さっきはその……、助けてくれてありがとう」

顔を赤くしながら、紅音が唐突に謝意を述べた。

一瞬何の事だか分からなかった猫丸だが、すぐにあの三人組を撃破した事だと気付くと。

「ああ、気にするな。俺はただ、自分の身を護(まも)っただけだ。お前を助けたつもりは……──」

そう言い切る前に、紅音は腕を組み慌てた様子で口を開き始め。

「ま、まあ！　貴様の手を借りずともあの程度の雑輩(ざっぱい)ごとき、私が瞬殺してやったがな！　言っておくが、臆していたのではないぞ！　貴様が真の実力者かどうか、奴(やつ)らを使って試していたのだ！」

と、早口で自分のプライドを護るように捲(まく)し立(た)てていった。

一見ただの見栄（みえ）のように聞こえるが、猫丸は……。

（た、試していた……？　まさかコイツ、俺がその包帯を解く前に鼠（ねずみ）共を気絶させる事が出来るかどうか、試していたと言うのか……!?）

その言葉を真っ直ぐに受け止め、勘違いしていた。

もっとも、紅音本人に包帯を解こうとする意思は無く、猫丸が観察していた地点からの角度、そして猫丸の視力が原因で抵抗の瞬間が偶々（たまたま）そういう風に見えてしまっただけなのだが……、それは一旦置いといて。

（そういえば、俺はコイツの許（もと）に戻る際、これまで以上にコイツを殺す事に固執していた。まさかそれをいち早く察知し、鼠共の前で包帯を解く素振りを見せ、俺を制御したのか!?）

となると、あの右腕（スーパーノヴァ）について忘れていた件は……。

いや、アレはおそらくフリだろう。

初めて出逢（であ）ったあの日から猫丸（じぶん）の動きを完璧に支配していた人間が、そんな大事な事を忘れる筈がない！

この女はあの鼠共（三人）を人質に……いや、地球そのものを人質にし、猫丸（じぶん）が殺意に呑（の）まれ何も見えなくなる大馬鹿かどうか試していたのだ。

紅竜（レッドドラゴン）は黒猫（じぶん）を殺す気が無い？

違う。その気になれば、奴は誰だって殺す。表も裏も関係なく、見境なく全てを破滅に導く。

自分の目的の為なら鏖殺(おうさつ)だって厭(いと)わない。それが紅竜(レッドドラゴン)という殺し屋なのだ……!

(俺は、最初からこの女の掌(てのひら)の上で踊らされていたというのか……?)

最後の最後まで敗北を突き付けられ、猫丸は肩を落とし意気消沈する。

一方で、目の前で連れ人が生気を失っている事に気付かず、紅音は目線を逸(そ)らし、両手の人差し指を何度もくっ付けたり離したりする動作を繰り返しながら訊(たず)ねた。

「そうだブラックキャット。その……一つ頼みがあるのだが……」

「……なんだ?」

「えっと……折角(せっかく)だし……その、記録! そう、今日の記録を残す為、共に……う、写し絵を撮らないか!?」

「もう、好きにしてくれ……」

そう返事をすると、紅音がぱあっと顔を明るくさせ、猫丸の右腕にしがみ付き、夜景を背景に二人はスマホで写真を撮った。

スマホを両手にご満悦な様子の紅音の隣で、猫丸は自身への落胆を顕(あらわ)にする。

結局、紅竜(レッドドラゴン)暗殺という悲願は達成されず、同時に人生最悪の敗北を残したまま。

大事な人と写真を撮るという悲願を達成し、同時に人生最高の勝利を残したまま。

猫丸と紅音の初デートは静かに幕を閉じるのであった――

SLOW
PHOTO
MOVIE

幕間 竜の念い

最初は仲間だと思った。

自分と同じ世界を頭に描いた、自分と同じ世界からやって来た人間なんだと。

嬉しかった。運命だと思った。

貴方と一緒に話していると心の底から愉しいと感じ、貴方と一緒に行動すると胸の中で熱いものが込み上げてくる。

もっと知りたい、もっと近付きたい、もっと語り合いたい、もっと一緒に居たい。

寝ても覚めても、私は貴方の事ばかり考えていた。

だけど、知れば知る程、分からない事も増えていった。

話していてたまに思う。貴方は私の語りを聞き、まるで何も知らない純情な子供のようにそれを信じる時がある。

話し掛けてみてたまに思う。貴方は私の声を聞き、まるで頭を低くし毛を逆立てる猫のように警戒心を顕にする時がある。

一体どっちが貴方の顔なの？　どっちが本当の貴方なの？

それとも、どっちも本当の貴方なの？

本当に貴方は私の仲間なの？　本当に貴方は私と同じ世界の住人なの？

そんな疑問を何度も頭の中で反芻し、私は答えを確かめる為眠っている貴方の前髪を指で除けた。

すると、貴方の前髪の下から、貴方の左瞼に『乂』の字を模したように刻まれた、深くて古い、痛々しい傷痕が現れた。

それを見た瞬間、私は眼を丸くした。

これは一体何の傷だろう。一方は何か固い物の角で抉られたような傷で、もう一方は何か鋭い刃物で切り付けられたような傷だった。

同時に、私はその傷痕から二つの闇を感じた。

一つは人の闇。そしてもう一つは世界の闇。

思わず唾を呑み込んだ。

傷以上に何か深い、貴方の体を縛り、その首を絞めつけるような……。

私には到底想像もつかない深淵が、そこに封じ込められているように見えた。

また分からない事が増えてしまった。

けれど、そのおかげもあってか、後に貴方が颯爽と暴漢を倒す姿を目の当たりにした瞬間、私はようやく気付いてしまった。
そう、貴方は私のような紛い者じゃない。
私と同じ、空想に溺れた、虚妄で創られた闇の世界の住人ではなく……。
貴方は本物の、闇の世界の住人なんだと！　私は確信した。
ドキドキが止まらなかった。こんなに胸が弾んだのは、生まれて初めてだった。
貴方が本当は何者なのか分からないし、貴方がどんな闇を背負っているのか分からない
し、貴方がどんな闇を生きてきたのかは分からない。
私達は仲間じゃなかったけど。私達は住む世界が違っていたけれど。
私はもっと貴方という存在に夢中になってしまった。
貴方の事がもっと知りたい。もっと近付きたい。もっと語り合いたい。もっと一緒に居
たい！
私にもっと貴方を見せて。
今以上に、今まで以上に。貴方を魅せて、黒木猫丸……いや――ブラックキャット。

✝エピローグ✝

——翌朝。

最早慣れたと言ってもいいように、彩鳳高校のいち教室に在る自分の席に座る猫丸。

心地よい日差しの温もりをその身に受け、ただ一人でボーッと窓の外を眺めていると、

「ああ、愛しの闇が眠りに就き、今日もまた忌まわしき日輪が我が姿態を焦がそうとする……」

相変わらずの豪快な扉の開閉音と共に、その少女は現れた。

「ム！　やはり居たか。変わらずの迅速ぶり……、まったく頭が下がるな、ブラックキャット」

「ハア……、だからその名で呼ぶなと何度言えば……」

ため息を吐くと共に、猫丸が呆れたように注意しようとした——その時。

「ね〜いいでしょう？　私にも見せてくださいよ〜」

「断る！　貴様の犯した所業、私は絶対に許さんぞ！」

後からやってきた九十九が手を合わせた状態で何やらお願いをしており、それに対して紅音は憤慨して答えた。

あまり見掛けた事のない光景に、猫丸が「何だ?」と思っていると、九十九がトボトボと近付いてきて。

「聞いてくださいよ黒木さん。紅音ったら、昨日黒木さんと一緒に撮ったっていう写真を全然見せてくれないんですよ〜……」

そう言いながら、ガックシと肩を落とすと共に俯いた。

その背後で、紅音がぷいっと顔を逸らす。

「写真? ——ああ、アレか。どうしてなんだ?」

「なんでも、私が昨日送信したラインの内容が気に入らなかったようで……」

「ちょっ! コマコマ、貴様何を勝手に……」

猫丸の問いに九十九が答えようとした時、一瞬にして顔を九十九の方に向ける紅音。

「ラインが? 何て送ったんだ?」

「えーっとですね——……」

「ワーワーワ————!!」

会話の内容を思い出す為、九十九が自身のスマホを取り出そうとした矢先。

紅音は二人の邪魔立てをするように、教室で一人声を荒らげた。

「なんだ急に叫び出して。そんなにラインの内容が気に入らなかったのか？」

「き、貴様には関係のない事だ……！」

紅音は猫丸の質問に答えず、そのまま赤くなった顔を背けた。

結局、何がなんだか分からない猫丸は頬杖をつき、やれやれとばかりに話す。

「なんでもいいが、写真くらい見せてやってもいいだろう。別に減るものでもないし」

「ム～……。ブラックキャットがそう言うなら、まあ……」

「やったー！」

まだ少し納得いかないのか、ふくれっ面でスマホを開き始める紅音と、その横で両手を掲げながら大喜びする九十九。

紅音が画面に件の写真を表示させると、それを「ん！」と九十九に見せ付けた。

「おおっ！　楽しそう……ってアレ？　なんだか黒木さんだけ、凄くぐったりしてませんか？」

「まあ、色々あったからな……」

「まったく！　私がこんなにも威勢よくしているというのに、貴様という男は。次はもっと意気のある顔をするのだな」

「はあ……は？　おい待て。次って言ったか？　次って今言ったのか？」

写真を凝視しながら九十九が首を傾げる中、猫丸は愕然とした様子で紅音の方を見る。

すると、紅音は意味深にフフンと笑い、その反応から本気である事が窺えた猫丸は。

「ハアァ〜〜……」

大きなため息と共に、机に突っ伏した。

またすぐ先に巨大な壁が待っている。そう考えるだけで気が滅入って仕方がなかった。

「悪夢だ……。紛うかたなき悪夢だ」

「よう、中二病。元気にしてたか？」

顔面を机の天板に張り付けながらぼやく猫丸の許に、一人の男子生徒がやって来る。

顔を上げると、猫丸はその見覚えのある男子生徒の顔を見て。

「……？　ああ、猿山か。何か用か？」

「猿川だ！　猿川陽太！　……えーっと、アレだ。デートの結果がどうなったのか、一応聞いておこうと思ってな」

名前の間違いを指摘した後、陽太は頭に手を遣りながら訊ねた。

その問いに対し、猫丸は手を横に振りながら。

「ああ、そんな事か。ダメだった。失敗だ失敗。大失敗さ……」

「ほーん、そうかいそうかい」

淡々と答える猫丸。

陽太もそれを聞いて成程と一瞬思うが。

（振られちまったとか？　いや、その割には仲良さげだし……）

普通、告白して失敗した男女の間にはそれまでには無かった溝と、独特の気まずい空気が漂うものだが。

猫丸と紅音の間にそういったものは一切感じられず、むしろ紅音側が更にアプローチを仕掛けているように見えた。

「分っかんねーなー、お前らって」

「？」

頭を掻（か）きながら呟（つぶや）いた陽太の言葉に、猫丸は疑問を抱く。

考えてみたところでどうせ大した意味はないだろうと割り切ると、猫丸は昨日のデートについて思い出した。

色々と肝を冷やしたり、背筋が凍るような出来事もあったが、アレが無ければ気付けない事も、忘れていたかもしれない事も多々あった。

あの時に得た教訓は何かと問われれば、初志貫徹も大事だが初心にかえる事はもっと大事だ――といったところだろう。

紅竜（レッドドラゴン）を殺す事に拘（こだわ）るあまり、自分が強い事を前提に、自分なら奴（やつ）を殺せると心のどこかで思い込み、可能である事を前提に動く節があった。

今後はこういった愚行を仕出かさないよう、気を付けて動かねば……。

「だがまあ、改めて奴の脅威、そして自分の至らなさを痛感する事が出来た。そういった意味では、昨日のデートは役に立った。お前のおかげだ、感謝する」

「お、おう。どういたしまして……」

突然頭を下げてきた為、陽太は一瞬戸惑ってしまう。

その直後、猫丸は再び顔を上げ、陽太の眼を直視して告げた。

「アレが叶(かな)ったのはお前の助言があったからだ。俺の頭ではあの発想は生まれなかった。今後お前の知恵を借りる事もあるだろう。協力してくれるな？」

「ハア⁉　なんで俺が……——フゴッ！」

猫丸の要求に対し、陽太が即座に拒否しようとしたその時。

突如、両頬に何かが深く食い込む激痛と共に、上半身が真下に引っ張られるような感覚に襲われた。

つい最近も似たような事があった。これがデジャヴというヤツか。

などという、暢気(のんき)な考えに至る暇もなく。困惑したまま、ふと猫丸の方に目を遣ってみると、一切の光を感じられぬ、見る者全てを呑み込みそうな漆黒の瞳でこちらを見据え

……。

「協力してくれるよな？」

「ふぁ……ふぁい…………」

(恐エエエエエエエエエエエエエエ!!)

それはもう、脅迫だった。

早々過ぎる人生二度目の命の危機に、陽太の体は震え上がる。

了承の声が聞けたので、猫丸はその右手を陽太の顎と頬から離した。

一方その頃、紅音達の方はといえば……。

「そういえば紅音、今日提出の宿題が出されていた筈ですが、ちゃんとやってきましたか？」

「フン、見縊ってもらっては困るぞコマコマ……。我が真価は真黒の闇で覆われている刻こそ発揮される。時の神が一歩進む毎に、我が本領は産声を上げ、やがて天をも劈く咆哮を放つ！　何人にも我が歩みを止める事は許されず、全ての障壁は障子紙の如く打ち破られる！　一介の師ごときに与えられた試練など、完全体の私にかかれば造作もないわ!!」

「ああ、成程……」

(徹夜したんですね。道理で眼の下に隈が出来ている訳です)

誇らしげに薄い胸を張るや否や、ブレザーをマントの如く勢いよく翻す紅音を、九十九がやれやれとあしらう中。

(なっ!?　真価……？　完全体？　この女、まだ更なる力を隠し持って……!?)

その会話を盗み聞いた猫丸が人知れぬところで更に勘違いを加速させていたのであった。

果たして、彼がその勘違いに気付く日はやってくるのか。

果たして、彼がその首を喰らう日はやってくるのか。

果たして、一体どちらが先となるか。

これは、たった一つの勘違いが招いた、愛と殺意の渦巻く物語。

空想を知らない少年と、空想に溺れた少女の物語。

一方は『裏の世』に身を置きながら、自分と同じ闇の中を彷徨っているのだと勘違いし。

一方は『表の世』に身を置きながら、自分とは異なる闇の中を彷徨っているのだと確信する。

果たして、彼らが分かり合い、その内に秘めた想いを分かち合う日はやってくるのか。

そんな事、訊かれたところで答えようはないし、現時点では分からない。

しかし、これだけはハッキリと言えよう。

彼ら二人を繋ぐ勘違いは、良い意味でも悪い意味でも、本当に救いようがないのである、と。

隣(となり)の席(せき)の中二病(ちゅうにびょう)が、俺(おれ)のことを『闇(やみ)を生(い)きる者(もの)よ』と呼(よ)んでくる

著　海山蒼介(うみやまそうすけ)

角川スニーカー文庫　23442

2022年12月1日　初版発行

発行者　山下直久

発　行　株式会社KADOKAWA
〒102-8177 東京都千代田区富士見2-13-3
電話　0570-002-301（ナビダイヤル）

印刷所　株式会社暁印刷
製本所　本間製本株式会社

◇◇◇

●お問い合わせ
https://www.kadokawa.co.jp/（「お問い合わせ」へお進みください）
※内容によっては、お答えできない場合があります。
※サポートは日本国内のみとさせていただきます。
※Japanese text only

Printed in Japan　ISBN 978-4-04-112987-6　C0193

★ご意見、ご感想をお送りください★
〒102-8177 東京都千代田区富士見 2-13-3
株式会社KADOKAWA　角川スニーカー文庫編集部気付
「海山蒼介」先生「海原カイロ」先生

本書は、第27回スニーカー大賞で特別賞を受賞したカクヨム作品「殺し屋兼高校生、中二病少女に勘違い！」を加筆修正したものです